· I WAIT FOR YOU ·
· FROM MORNING TO EVENING ·

遇见她
就像萤火虫遇到星光
美好似乎慢慢靠近

浩　森，我等你从早晨到黄昏

仲夏夜 / 著

贵州出版集团
贵州人民出版社

图书在版编目（CIP）数据

浩森，我等你从早晨到黄昏 / 仲夏夜著. -- 贵
阳 : 贵州人民出版社, 2017.5（2020.3重印）
ISBN 978-7-221-14107-1

Ⅰ.①浩… Ⅱ.①仲… Ⅲ.①长篇小说－中国－当代
Ⅳ.①I247.5

中国版本图书馆CIP数据核字(2017)第096245号

浩森，我等你从早晨到黄昏

仲夏夜 著

出 版 人：苏 桦
出版统筹：陈继光
责任编辑：黄蕙心
特约编辑：江小葶
装帧设计：Insect 蔡 璨
封面绘制：EP.cat
出版发行：贵州人民出版社（贵阳市观山湖区会展东路SOHO办公区A座
           邮编：550081）
印 刷：三河市华东印刷有限公司
开 本：787×1092毫米 1/32
字 数：250千字
印 张：8.5
版 次：2017年7月第1版
印 次：2017年7月第1次印刷
           2020年3月第2次印刷
书 号：ISBN 978-7-221-14107-1
定 价：42.00元

目 录
contents

不知道海浪拍打岩壁的时候,岸会不会感受到这样的震动?
我遇上你的时候,心跳犹如雷电闪过,海啸汹涌。

时间在呆立的鸟儿那里与在水中追逐的鱼儿那里是一样的吗?
对隔着千山万水却依然彼此相望的你我而言,时间是什么?

目　录
contents

序幕

· I WAIT FOR YOU FROM MORNING TO EVENING ·

月光照在白雪上，莹莹一片，世界像是被银光笼罩。

大雪过后的农庄夜晚，万籁俱寂，偶有枝桠承受不住积雪的重量，发出簌簌落地的声响。

亮着暖黄色灯光的木屋在皑皑白雪中如金雾笼罩的花蕾，让人心生温暖。透过爬满冰花的玻璃窗，有温柔轻缓的声音模糊飘出——

传说远古时期，女娲补天耗尽心神累极睡去，月神担心她一睡不醒，以月之光芒刺破女娲的尾指唤醒了她。女娲尾指处落下的那滴血溅在五彩石上，瞬间绽开霞光万丈，这些流光幻化成无数神鸟带着神女的祝福飞向人间。

每只飞鸟都有归期，部分飞鸟因迷恋人间美好而延误了归程的时间，当它们沿着出发的路线埋头赶路的时候，恰好遇到天变，无数颗带着火尾的流星如雨点般朝它们砸来。飞鸟们惊慌失措左躲右闪，有好几只不幸被流星的火尾灼伤如尘土般消失。在牺牲变得越来越多的时候，一只羽毛洁白如

浩森，我等你从早晨到黄昏

/
001
/

雪的飞鸟似一道白光跃到队伍最前列，带着大家机敏地穿过流星，回到天庭。可是这只勇敢又聪明的飞鸟却因此被流星火灼伤头部，洁白的羽毛从此染上乌黑。

女娲给它取名琵鹭，而这种黑脸琵鹭象征着勇气和奉献。

"故事讲完啦！我家浩森长大以后也要做这样的人哦，和爸爸一样聪明，和这只鸟儿一样勇敢。"

"妈妈，再讲一个故事吧！求求你了！"小男孩央求的声音如雪一般干净柔软。

妈妈微微一笑，伸手在小男孩头上轻轻地抚摸："我的浩森，一定要好好的，要勇敢面对困难，就算妈妈不在身边，也不要哭哦！"

……

少年慢慢睁开眼睛，温暖的小屋和雪后的农庄不见了，窗外还是那轮皎洁的月亮，有云朵经过，却依然遮不住如雪银光。浩森慢慢从床上坐起，紧抿的唇角清晰凌厉，月亮如许多年前的那晚一般圆，可是妈妈却只能在梦中相见了。

——妈妈，我没有哭。可是失去你的世界变得不再有意义，每一年的花开花落也不再美丽。除了报复和自我放弃，我找不到生命里还有什么是值得期待的。

你在哪颗星星上？浩森好想你……

已近四月，傍晚的空气里充满了微浓的潮气，从海上吹来的风也还夹着微寒，浩森蹲在草丛里一动不动，有草尖顺着拉开的衣领钻到脖子里，痒痒的。

他不敢动。

为了拍下这两只黑脸琵鹭的生活，他已经在这里蹲守很久了。

琵鹭们低头梳理毛发，迎着暮光展翅扑扇——太好了，等的就是这一刻！

当浩森按下快门的同时，前方突然传来"扑通"一下，接连着"哎呀"一声，沼泽里的琵鹭因为受到惊吓而惊叫着扑扇着翅膀跳开了，快门"咔咔咔"十分流利地连连闪了好几下，拍到的却都不是浩森想要捕捉的画面。

发生什么事了？

浩森懊恼地站起来，看见一个穿白色衣服的女孩摔倒在距自他几米远的地方。

"真该死！怎么回事？"他低声抱怨着离开守了很久的草丛，蹲得太久腿有些发麻，他站起来的时候有些微微不稳。

虽然还在为琵鹭跑开的事情耿耿于怀，可回头看到女孩灰头土脸可怜兮兮的模样，便没再说什么，一个人往山坡上走。

远山的轮廓在浩森眼里成了最美的线条，将相机背在肩上，他伸出双手对准黄昏下面的各种景致，在面前做出镜头框架的样子。

"一个好的摄影者才会看到影像之外的人文风景。"念高中的时候无意间在地理杂志上读到的话让浩森开始喜欢以前很少关心的相机，甚至在考大学时还选择了艺术学院的影像系。

只是，因为父亲的缘故，浩森最终还是得坐在教室里听那些经济学老古董唠叨。

"除了乱挥霍，你还知道些什么？将来要让这些都败在你这个家伙手里？那你就试试看！你最好把那些家伙收起来，好好给我去上课，不然的话……"

好像又听到了父亲的声音。浩森皱了一下眉头，吹着口哨迈起大步，好像这样就可以从父亲强塞给自己的生活里彻底潇洒地走出来一样。

[2]

他将相机从肩上取下拿在手里后，开始在海岛的山岭上疯狂奔跑起来。停下来时，早已看不到刚刚拍摄琵鹭的地方。

他朝草海附近张望，也没有发现刚才摔倒的女孩身影。

浩森犹豫着继续往前走，可脚步却明显慢了下来。

山野里传来低沉的声音。

他的脑海里出现狼群围猎的场景，穿白色衣服的身影还坐在草丛边，因为脚受伤而无法动弹。浩森心里打了一个冷颤，来不及细想，他转身往回跑，直到能远远看见那白色身影，才松了口气，盯着那背影慢慢往下面的草坡走。

"这家伙疯了吗，居然一个人跑来这种地方？"即使已经站在她身后，他还是装作一副不能原谅的样子。

重新出现在面前的浩森让千沐有些意外，她只是回头看了看，便低头继续弄自己右边的裤腿。

浩森看了一眼下午自己一直守着的草丛，那两只黑脸琵鹭身边又多了一只小黑脸琵鹭，一家三口此刻正亲热着。

浩森拍拍自己的脑门，在千沐跟前慢慢蹲下来。

"很痛吧？我看看。"

语气柔和了许多的浩森将相机放在旁边的大石块上，并没有征求她的同意，便伸手去脱她右脚上的鞋子。因为疼痛而无法动弹的千沐，怔怔地望着眼前这个走了又回来的家伙。

千沐低着头，将另一条腿缩了缩，像在很冷的冬天失足掉进冰窟，却看到异常美丽的蓝色的雪。

"一个人跑到这种地方来，不害怕会有狼吗？"浩森故意神色紧张地看看四周，望着千沐故意装出用力猛咽口水的样子，又假装一本正经地问，"和男朋友约在这里，结果他没有出现？"

千沐已经在用不高兴的眼神瞪着他，浩森却装作不知道，嘴巴说个不停："很安静，也没有什么人家，像终生相守的世外桃源吧……不过物质条件匮乏，可以住上三天五天，一辈子的话可能会有些不习惯，外面的事情还是要知道一点儿的好……"

浩森一边絮絮叨叨地说话，一边轻轻将千沐的袜子脱下，直到看见她那肿得很明显的踝关节。趁千沐不注意的时候，握着她的脚一用力，原本脱臼的部位恢复到原来的位置。

感到剧痛的千沐尖叫一声，出于本能地用另一只脚来保护自己，不遗余力地朝浩森踹了过去。就这一下，浩森仰面摔在草地上，好像已经不能动弹了。

千沐将脚收回来，被这样的结果吓得她不知所措而愣在那里。

"喂！"千沐将身体挪到躺在地上的人旁边，叫了一声，可没有一点儿反应。

看看周围渐渐暗下来的天色，千沐神色慌乱起来，伸手推着地上的人。

"喂，喂……喂！醒醒啊！"她的声音已经颤抖起来。

听到千沐越来越焦急的声音，浩森的嘴角动了动，眯着眼睛偷看着依然坐在草丛边的千沐，突然将头凑到她跟前："嘘……别叫，别叫，会引来狼的。"说完，冲着愣在那里差一点儿哭出来的千沐哈哈大笑。

[3]

千沐生气地坐回去，望着面前这个行为夸张的家伙。

"是脱臼，现在应该没那么痛了，可以走了吗？"浩森站起来拍了拍手上和身上的土，拿起相机，转身往刚才离开的方向走。

看着浩森离开的背影，千沐用手揉着右脚的脚踝，穿好鞋袜，试着站起来。

想着千沐刚才焦急的喊声，浩森笑了笑，回头看到她因为无法行走而重新坐到地上，又皱皱眉头，走到她跟前，背朝她蹲下，一把抓过她的两手，不由分说地环扣住自己的脖子。

"让我下去！放我下去！"极不情愿地趴在浩森的背上，因为恐慌而用力捶打浩森的千沐，用带着明显汉语发音的韩语叫嚷着要下来。

浩森冲着背上喊道："不觉得你的韩语很丢脸吗？啊？还那么大声……哎，真是丢脸死了！"

千沐收手不动，沉默了一会儿，用汉语嘀咕着："白痴！笨蛋！你才丢脸！"

没有听懂她话里意思的浩森，回头问她："什么？你说什么？"

千沐躲在背后忍不住偷偷笑了一下，用韩语故作正经地说道："我是中国来的留学生，又不是韩国人。"

浩森微微地转头，望了望自己肩上的千沐修长的手指。

"原来是中国人！什么名字？"

"黎千沐。"透过浩森宽大而温暖的背，千沐轻声回答。

望着挂在山尖的新月，千沐开口问："这里真的有狼吗？"

"是啊，都成群出现的。"浩森说着学了一声狼吼。

千沐朝四周看了看，原本搭在浩森肩头的双手这下紧紧地搂住了他的脖子。

千沐的手碰触到浩森颈部肌肤，这感觉像电流般穿过身体而抵达到两个人的心脏，千沐的脸红了。

浩森微微转头望望背上的人，轻轻扬扬嘴角，开心地笑了。

[4]

高高的山岭上，浩森背着千沐慢慢走着，两个人的样子成为一幅好看的剪影。

"沼泽地很危险，以后不要自己一个人跑来这种地方……"浩森的语气让自己都觉得奇怪。也许是想掩饰这种与往常不一样的行为，他吹起了口哨。

"对不起，刚刚吓跑你的琵鹭。"千沐开始道歉。

"哎，损失还真不小，所以最好下次你代替它们一次，算作补偿吧。"

浩森笑着冲千沐提出要求，但遭到强烈抗议："什么？补偿？不要！"

千沐一边抗议一边挣扎着想下去。

"别动了，不想一个人待在这里喂狼的话，就乖乖的吧。"浩森得意地威胁她，相机的肩带从肩上滑落下来，在他的肘部一晃一摆。

千沐终于安静下来，浩森背着她走到一棵大树下，将她放了下来。和着四月的晚风，湿润的空气中盈溢着千沐身上淡淡的香味，成为浩森后来每次回忆这一天的线索。

两个人背靠着高大的七叶树坐着，前面视线里的黛色远山，半壁都被红色的晚霞染成了无法描述的特效。

"那是什么？"千沐扭头指着刚刚离开的方向——

那片繁茂的草海。在草海中间，有一条呈带状的东西，不知道是花还是草的一种植物。

"到三五月就变成蓝色的草。"浩森说着扭头望向她的手所指的方向，一阵风过来，垂落在千沐脑后的马尾飞出几缕，贴到了他的脸上。浩森忍不住吸了一口气，确定那是小时候喜欢过的糖果中的某种味道。

"怎么会长成一条带子？"千沐突然又扭过头来问浩森时，发现他有些不自然的神情。

"因为下面有条溪流，它们只会沿着丰富的水源生长。"

"为什么？"千沐好像有问不完的问题。

"像葵花，眼睛里只有太阳的身影。"人不也是这样的吗？好像是为了爸爸，妈妈才觉得自己有在这个世界上生活下去的必要，她也想知道原因吧。

"走吧，该走了。"浩森站起来，背向着千沐蹲好。

千沐主动拿过浩森手上的相机，听话地趴到他背上，回头看看那片草海，"蓝色飘带"已经模糊不清。她偷偷地用力捏了捏自己的耳垂，感觉到真实的痛感。

见千沐又不说话，以为她是哪里不舒服或是受伤的脚痛起来了，浩森忍不住回头问她："痛吗？"

以为是自己刚刚的举动被他发现的千沐，一时间语无伦次起来："不……我很重，你一定很累……哦……对不起……"

"没事，你比我想象的可要轻多了，我都可以一口气……把你背去首尔。"

虽然并不可能，但却是浩森内心的真实想法。

"你撒谎。"

"不信？那我们现在就去首尔吧。"

"你撒谎。"

"没撒谎。"

"你撒谎。"

"没撒谎。"

"你撒谎。"

……

[5]

背上的千沐从侧面仔细注视着浩森，很深的眼窝，很浓的眉，很高的鼻梁，收敛得当的下颌，还有干净利落的短发……不知道应该用什么词来形容他的样子。

这种沉默的安静让人觉得微妙起来，她回头望着高高的山冈，七叶树独自伫立在那里，看上去有些孤单。

远处的天色已经由蓝变成橙红，再由橙红变成深蓝。黑夜正渐渐渗透进深厚的蓝色里，慢慢向他们的身影围拢过来。

夜色笼罩的山林，一间小木屋安静地出现在眼前。

"今晚就在这里休息吧！"浩森背着千沐走进院子，小心地将她放了下来。

"跟你？你看起来不像……好人。"千沐的语气不太肯定却很明显地暴露出她的担心。

"怎么了？"浩森抬头望着她笑笑，很熟悉地从木屋里拿出一个急救箱。

"坏人都长我这样子吗？"浩森蹲下来伸手去握她受伤的脚。

因为觉得不好意思，千沐的脚往回缩了缩。没想到浩森抓得更紧了，表情严肃地说："不想早些走路吗？我可不喜欢被麻烦。这里找不到冰块，所以，擦上药按摩一下可以帮助恢复的……"说着，他埋头将药水擦到她的脚踝周围，然后用手握着她的脚轻轻地揉搓，偶尔还头也不抬地问她是不是痛。

千沐坐着不动，只是目不转睛地望着眼前这个还不知道是谁的人，沉默起来。

"你……"千沐欲言又止。

千沐不知道该怎么说了，沉默了一会儿问："你经常……这样？"

"经常怎样？哦，你是指帮别人搽药吗？可是要付费的。"浩森故意加重后面的话，然后自己一个人诡异地笑。

"啊？付费？"千沐惊讶地试图将自己的脚从浩森的大手里抽回。不过，他抓得好紧啊！

"好了，自己记得按时擦药按摩，不用付费的。"

浩森说着向千沐眨了眨眼，继续说："这是个荒废的木屋，你不用担心有人来。这里的日出很美，想去看的话，现在好好休息吧。"

语毕，浩森身着浅咖色针织秋衫与卡其色长裤的背影很快淹没在外面的月光里，门"吱呀"一声关上。

[6]

晨光透过窗棂上的铅色纸照进来，在千沐的身旁徘徊。枕套上的无穷花图案因为这张清新动人的脸而盛开，像含着晨露般鲜活娇嫩。她看上去睡得很好，睁开眼睛时，时候已经不早了。

她看见身边放着干净的衣服，旁边还留着字条：

你的衣服已经脏了，

暂时用我的吧。

衣服可能有些大，

不过应该还能穿。

浩森

千沐换上浩森留下的衬衣和牛仔裤，简单梳理好后走出门口，目光在院子里环视一周，以为会看见他从某个地方走出来。

　　站在院子中间，千沐心里默念着字条上的名字：浩森……

　　是他的名字？

　　槭树发出沙沙的响声，像有人在说话。千沐抬头看看天色，有雨要来的样子。

· I WAIT FOR YOU ·
· FROM MORNING TO EVENING ·

遇见她
就像萤火虫遇到星光
美好似乎慢慢靠近

· I WAIT FOR YOU ·
· FROM MORNING TO EVENING ·

遇见她
就像萤火虫遇到星光
美好似乎慢慢靠近

第一幕

不知道海浪拍打岩壁的时候，岸会不会感受到这样的震动？
我遇上你的时候、心跳犹如雷电闪过，海啸汹涌。

[1]

一个月后的首尔。

"今天 ILL MORE 有重要客人，大家就早点儿回去休息吧。"ILL MORE 酒吧的经理拍着手掌提醒大家。

听到经理的话，千沐从钢琴面前站起来准备回后面的员工休息室。

看经理的表情就知道来的是什么样的人。所谓重要的客人，无非是出手更大方的人吧。为了满足那样的客人，经理这个家伙可是什么事情都能做的呀！

千沐拿了自己的包，从酒吧后面走出来，推着脚踏车沿街骑回宿舍。

迎面的风带着青杨花的气味，感觉夏天来了，千沐的心情也好了起来。

突然，一辆红色玛莎拉蒂以飞快的速度从后面蹿出来，从她身边飞驰过去，差点儿撞到她。千沐慌乱地调整好自己的车速，避开了沦为车下鬼的命运。

车子并没有因此而停下，或是减速，反而加大了马力朝前开去，"嗖"的一声从千沐身旁擦过。车内乘坐的女人炫耀似的冲千沐甩了甩手，露出了轻蔑的笑。

"喂，怎么开车的啊？！"千沐气愤地一扭头，想要看清开车的是个怎样的家伙。

一瞬间，一股熟悉的气息扑面而来，千沐的心慌乱地跳动着。那个在光影中若隐若现的背影，让千沐出现了短暂的错觉。认识他吗？为何会有这种既熟悉又陌生的感觉。这感觉强烈地撞击着她的心灵，没来由地，让她觉得不安……

一路上，千沐都在轻笑自己的神经质，推开了宿舍的门。

门口，散落的衣服一路延伸进去……是同住的学姐带了男朋友来过夜。

踮着脚走进去，从门边的桌上抽出课本，千沐转身关门下楼。怎么办？去哪里好？想着，千沐轻轻叹了口气，只能去信息中心了。

信息中心的气氛实在让人紧张。在晚上这个时间仍留在电子信息中心的，通常都是学校里高年级的学生。因为要完成论文，所以留在这里查阅信息库里的资料。除了敲击键盘、翻书的声音，还有笔尖与纸页摩擦的声音，应该就只剩下每个人各自的心跳声了。

千沐看看周围的人，情绪失落地找到自己手上号码的座位，打开面前的电脑。

孔冠杰正埋头一大堆资料里，扔下笔伸了个又长又久的懒腰后，扭头看见自己身后的电脑屏幕上正上演《冰河世纪》。

千沐戴着耳机，正看得津津有味。这样悠闲的人，让周围的呆子们嫉妒，当然也包括冠杰。

冠杰笑了笑，转身又一头扎进资料堆里。

动画片里，树獭因为太顽皮，结果烧着了自己的尾巴。它急得跳起来，一边大声向长毛象叫嚷着"Help"，一边在地上打转……

忘记自己是在信息中心大厅里的千沐，捂着嘴"咯咯咯"地笑了起来。

周围的人听到笑声，向她投来奇怪的眼神。

收集到各路信息不同的眼光，千沐才回过神来，她连忙将耳麦摘下，向周围的人道歉："对不起……真对不起……"

动静不小，惊动了冠杰，他微一转身，就看见千沐小鸡啄米似的道歉的样子，忍不住露出笑来。忙着说对不起的千沐一抬头，恰好看见眼前的冠杰在望着自己笑，赶忙停止道歉，回过头坐好。

与千沐四目相对的那一瞬间，冠杰的笑容收了回去，有些惊讶与意外。看着已经正襟危坐的千沐，冠杰过了很久才慢慢转身回到自己的资料面前。

书本上的字迹与电脑屏幕上的图像数据好像对他施了迷魂术，冠杰已经无法集中精神继续看下去。千沐刚才的笑脸在书页上像花一样绽放，将其他内容全都覆盖住。

因为心里无法平静，冠杰忍不住回头多看了一眼。

千沐的电脑屏幕上没有了长毛象的影子，好像是租房信息咨询方面的东西。而她正忙着将找到的地址、电话都抄在了笔记簿后面，忙了大半夜，也不知道自己是什么时候趴在桌上睡着了。

醒来时，已是第二天清晨。千沐将笔记簿放进包内，又从桌子底下找到滚落下去的笔，离开了信息中心。

想到今天的课要到下午两点，千沐决定先出去碰碰运气，看能不能找到合适的房子。

[2]

宿舍楼下，千沐碰到正要去研究室的学姐。

"千沐，昨天晚上怎么没有回来睡？"看到千沐，不知道她昨天已经提前下班回来过的学姐问道。

"哦，本来上周就想对学姐你说的……我可能要搬走了。"尽管有些犹豫，千沐还是决定先说。

"怎么了？"听千沐说要搬走，学姐有些意外。

"也没什么，家里的姐姐来首尔工作，昨天就是去姐姐那里了。"

"家里的姐姐也来首尔了？真替你高兴。"

"嗯。所以，我可能会尽快搬去和姐姐一起住，学姐以后可能就一个人了。"不想让学姐为难的千沐很痛快地说了谎。

"这样也好，决定要搬的时候记得通知我，我可以叫男朋友来帮忙。那我先去研究室了。"

"谢谢学姐，再见。"

"再见。"

看着学姐的背影，想到自己刚才说过的话，千沐突然后悔起来。该怎么办？要搬去哪里？

她想到笔记簿背后的那些电话号码，在心底轻轻叹了口气，那么多要出租的房子中间，总有一个地方是适合自己的吧。

行人很少的马路上，千沐飞快地踩着脚踏车。两旁的树影变成了绿色的流光，由厚到薄，最后变成透明。在功课不是很忙的周末，千沐常常这样做：踩着踏车一个人到安静的城市公园里，在湖边的树下坐一会儿，又踩着脚踏车回宿舍。

与惊心动魄的际遇相比，千沐更喜欢平静的生活。好比钢琴曲中繁复的修饰音虽然可以吸引人们的耳朵，但真正打动人心的却是简单旋律里某处别有用心的安排，音的轻或重，长或短，都代表不一样的心境。所以，成功演绎一件作品并不完全取决于技巧，对作品的理解和演奏者情感的投入才是关键……

所以，生活也应该用心投入吧。有些人用心生活，但也有人用脑生活。

明媚的阳光穿过头顶的树叶，在路面形成斑斑驳驳的影子。千沐的视野中出现一片茂密的绿影，掩映着一幢白色房子。

她将脚踏车靠着路边的老槐树放好，自己在白色房子前面的台阶上坐下来，抬头看太阳的时候，瞥见房子的厚玻璃门，它的四边被镂空的金属花包裹了起来。

整整一个上午，千沐已经看了许多地方，不是太远，就是租金不合适。

她看着最后一个电话号码，不知道还有没有再打电话过去询问的必要。

笔记簿在千沐的手中翻来覆去了几遍，她矛盾着，不知道下一步到底该如何是好。

怎么办？没有合适的地方，却还答应人家会尽快搬……

白色画室里面，太阳照在身上的温暖感觉慢慢将肖允儿从梦里摇醒。

睁开眼睛，顺着地毯尽头望去，她看见穿着彩纹裙衫的千沐坐在自己的画室前面，正扭望着玻璃门出神。

看看墙上的钟，肖允儿记起自己昨晚用磨碎的奎英粉与铬（蓝色克罗米）作原料临摹凡高的《星夜》；记得将灯关上时，画布上的夜空部分蓝到接近黑色，那些迷离的光晕却在黑夜中一闪一闪……

当时她兴奋地扔掉画笔，躺在地毯上望着玻璃墙外的夜空，竟然不知道己是什么时候睡着的。

拢了拢怀中的大海豚枕，肖允儿望着画室外面的人和树，还有穿过树叶投射在白色墙壁上的阳光。画室里全透明的阳台设计让人想到莱特的风格，待在阳光下画画的感觉让肖允儿联想到恋人在夏日的海边奔跑的画面。

肖允儿正想着时，被突然响起来的手机铃声吓了一跳，望了望身后的木头条桌，手机信号灯正在那里一闪一闪。她趁着扭头的瞬间再次确认台阶上的女孩坐的样子，这大概是喜欢将生活画面记录下来的人的习惯吧。

因为不想挪动身体位置去拿桌上的手机，所以她抬腿用大脚趾套进手机挂绳，确定钩住后慢慢地将手机送到自己的手边。

"喂，哪一位？"肖允儿一边说话，一边向外张望。

"我是哥哥，肖允儿过来哥哥这边吧！你要一个人待在首尔到什么时候？"哥哥的声音在电话里响起。

"哥哥，有很多女生要和你交往吗？黄皮肤的人才能成为嫂嫂哦。关于这个问题，你可要听爸爸妈妈的话……"肖允儿故意岔开话题，不想在这个问题上做过多的纠缠。

是的，即使现在只剩下自己一个，肖允儿也不愿去到遥远的美洲。

如果去到那里的话，离他的心不就更远了吗？就这样，这样孤独地在一旁看着他，也是让人幸福的啊。

"肖允儿，孔冠杰那家伙真的那么重要吗……"肖允儿似乎可以看到哥哥皱着眉头的样儿。

"哥哥，我想给自己一个结果。好了，就这样吧，问候爸爸妈妈。"

挂掉电话，肖允儿转身走到沙发边倒头躺下。

这幢半玻璃结构的画室便是哥哥送给她考上艺术学院的礼物。此刻，爸爸和妈妈在准备午餐吗？还是在美洲瀑布下大声耳语？

从开心、激动、疑惑到失落，肖允儿翻过身来抓住海豚枕头枕住下巴，望着外面慢慢皱起了眉头。

肖允儿正想着时，台阶上的女孩不见了。

千沐站在对面路边的电话亭里，从包里翻出笔记簿，将最后的电话号码确认后拨了一遍。

"你拨打的号码正在通话中，请稍后再拨……"

千沐将电话挂断，过了一会儿，再拨，还是那句冷冰冰的声音。

挂上电话，她从电话亭出来，推着脚踏车准备回学校。没走出多远就猛然想到笔记簿被落在刚才的电话亭里了，又急忙转身返回去取。

[4]

肖允儿爬起来，海豚枕头被用力扔在了沙发上，扭头看着台阶上刚刚那女孩坐过的地方，想到一个女孩仰头望着大门时的画面。

她走到画架前，翻过一页，拿笔在上面简单地构图。

胃剧烈地抗议，十二点已经过了，肖允儿想起自己还没有吃早餐。

将画笔放下，肖允儿去厨房找速食面，走过前厅的时候看见自己刚刚一直注视着的女孩正拿着个深啡色的笔记簿从对面的电话亭出来。

隔着玻璃门，她看见刚才坐在台阶上的女孩正向老槐树下的脚踏车走去。

"嗨，等一下。"将门推开，肖允儿冲着她的背影喊道。其实，肖允儿也不知道自己为什么要叫住她。

千沐看看周围，并没有别的人。

"就是叫你。"肖允儿替她确认。

"什么？"千沐疑惑着继续往脚踏车的地方走。

"你会煮面吗？肚子好饿哦。"肖允儿满脸笑容。

"什么？"

"在这里待了一上午，你也饿了吧？这附近可没有吃的。"

"可我们……认识吗？"

"你是说以前还是现在？"

"……"

"你一定认识我吧，要不……怎么在我的画室门口坐一上午？"肖允儿顽皮地笑着。

"对不起，我在找房子……想坐一会儿……"

"哎呀，好饿，别站在这里说了吧，快说你会不会煮面吧。"

"可是……"

肖允儿没等她再说下去，一把将她拽进了画室，将两包速食面塞给了千沐。

　　望着陌生房子里的一切，千沐想夺路而逃，她转身的时候，已经走到画架前的肖允儿突然说："开小火，可以煮久一点儿，味道会很香的。"说着抬头望着千沐，表示感谢地笑了笑。

　　千沐低着头，犹豫着走到厨房里，用钢锅盛了水，将电磁炉打开……

　　收拾干净的台桌上，两副碗筷，一只图案细致的编织垫。

　　"你好厉害！你的面可比我煮的好吃！"肖允儿与千沐相对坐着，一边吃面一边说。

　　看到肖允儿满足的表情，千沐拿起筷子夹了一小束面送到嘴边，顺利吸进去如释重负般吞下。

　　"你是来找房子的吗？那就和我一起吧。"喝干净碗里的汤，肖允儿将筷子在碗上放好后，一本正经地说。

　　千沐看看四周，感到意外极了："这里？"

　　"这里？也可以啊，不过离校区太远，住家里会近些。"

　　"家里？"

　　"要去看看吗？"

　　"可是，我们……"

　　"怎么了？"

　　"我们并不认识……"

"没有说一定要租熟悉的人的房子吧？不过，我们都在一起吃过面了，我叫肖允儿，你呢……"

"黎千沐。"

"黎……千沐？"

"嗯。"千沐一边吃面一边点头，心里却十二分不确定她的话。

"以后就用这个抵房租吧！"肖允儿先站了起来，认真地指指千沐碗里的面，干脆地说道。

"啊？"

"不愿意？"

"不，不是。只是……"

"太贵了？这可是重要的条件。"

"不是，我……我是说……总是吃这个，对身体不好。"千沐越往下说越不知道自己要说什么，说到一半，便停住了，望着肖允儿不说话。

"不会每天都吃这个，偶尔，它只是偶尔见面的朋友。"肖允儿说着站起来去沙发上找手机，拿包。

"朋友？"千沐坐在那里转身望着肖允儿。

"无私又忠实。即使你忘记它，它也没关系，你想起它的时候，它还是会对你付出。速食面就是这样的，对吧？"

"……"

肖允儿说着对还愣在那里的千沐说："走吧。"

千沐一脸疑惑地说："去哪里？"

"当然是去我家，然后去拿你的东西啊。"

"……"望着兴致勃勃的肖允儿，千沐还没回过神来。

走出画室，肖允儿将自己的背包给旁边的千沐一扔，跑到脚踏车跟前，转身冲着千沐孩子气地笑："上车请投零币！"

千沐笑着点点头，坐到后面的她将拳头捏紧，假装着往肖允儿的上衣口袋里伸了伸。

两个人一路开心的身影在树荫下穿行，太阳敞开怀温柔地拥抱她们。

[5]

浩森家的客厅里，下楼来的浩音妈妈已经换上睡袍，她对仍然坐在客厅等浩森回来的蔺光赫说："你上楼休息去吧，孩子可能有事，明天早晨我提醒他。"

"有事？现在都几点了！"蔺光赫气得僵坐在沙发上。他不明白，能轻松以企业家、慈善家的身份成为优秀公众人物的人，和自己的儿子沟通起来为何会这样难。

浩音妈妈走到他身边坐下："上楼去吧，他以前有时候也回来得晚，不也没事？浩森长大了，你别老把他当孩子……"

"我今天倒要看看他到底怎么忙？有多忙！"蔺光赫换了一个座位，面向门口的方向，抬头看见从楼上下来的浩音，火气更大了起来，"他要是有他弟弟一半听话，就不会让我像现在这样操心……"

"爸，哥哥晚饭时间打电话回来，说是社团有活动……"刚念高三的浩音一副清秀乖巧的模样，他站在楼梯口很自然地向爸爸解释。

听浩音这样说，蔺光赫的神情略微变了变。

浩音妈妈连忙说道："你看是吧，说了叫你别操心，上楼去休息吧。"一边说一边使眼色让浩音扶他爸爸上楼去。

这时，门突然被撞了一下，打开时，醉酒的浩森已经跌倒在门口。

还没走到爸爸身边的浩音连忙跑过去扶哥哥，浩森使把过来扶自己的浩音推开，完全无视坐在客厅里的另外两个人的存在，踉踉跄跄径自上楼。

"大半夜，满身酒气，你当这里是什么地方？"

蔺光赫大发雷霆，一旁的浩音母子都被吓到，站到一边不敢吱声。

"哦？你不知道？你二十二岁之前所经历的事情……我也有认真去做……有什么不对吗？"已经口齿含糊的浩森抬头望着面前气得发抖的蔺光赫，冷笑一声。

"混账！你在说什么？你……"蔺光赫气得浑身发抖。

见父子两人一个气得暴跳如雷，一个醉得不省人事，浩音妈妈连忙过来挽住蔺光赫的手："太晚了，让他先睡，明天让我跟他说吧。"

"看看他的样子，人家敏妍多懂事，那么好的女孩子……你……这个不知死活的家伙！"蔺光赫气得说不出话来，只好站起来顺从浩音妈妈的意思先上楼。

听到这番话的浩森好像突然变清醒了似的，冷笑道："哦，是吗？当初，妈妈也是这样的吧？她那么好，可你给她幸福了吗？"

听到这话的蔺光赫的火更大了，喊着："你说什么？你这个混账……"转身冲过来要揍浩森，却被浩音妈妈死死拉住。

"光赫，别这样，你别这样……"浩音妈妈哭出声来。

"你听听，你听听他都说了些什么……"蔺光赫觉得有些胸闷，大口喘着气。

浩音妈妈忙说："你先回房间，让我跟他说吧。"

蔺光赫看着眼前的场景，深深叹了口气，无奈地上楼去。

浩音用力拽着哥哥，将他也拖回房间。

当浩音妈妈推开浩森的房门，浩森已经和衣躺在床上。

她替浩森把鞋子脱下，望着浩森清秀瘦削的脸，默默地靠着床沿坐了一会儿，替他扯上被子盖上后轻轻叹气。她知道浩森没有睡着，便说："敏妍爸爸从美国回来，打电话邀请我们一家，还特别提到你和敏妍的事……"

她的话还没有说完，浩森忍不住一把掀开被子："我不会去！"

"你和敏妍不是一直很好的吗？只是一个宴会啊，你爸爸他……"

"请别再提他！我很累……想睡了。"说着浩森用被子将头蒙得严严实实。

浩音妈妈出去，将门带上，房间里很安静，有层幽蓝的光。

仍有些醉意的浩森坐起来靠在床头，从旁边的抽屉里拿出相框立好，抱起床边的吉他对着照片拨弄起来。

照片上的年轻女人是浩森的妈妈，她穿着白色的裙衫，双手交叉在胸前，站在庭院里的柳藤前笑着。

当时刚刚喜欢上摄影的浩森替妈妈拍下了这张照片，不久后妈妈就意外去世。

从那以后，喜欢摄影的浩森再也没有替谁拍摄过人物相。

自从六年前妈妈去世，对浩森来说，"妈妈"这种称谓也一起被埋葬掉了。

这世间也不会再有温暖的东西了吧。

妈妈，你那里也种了柳藤吗？六月了，已经有银色的花骨朵了吧。

夜里很静，琴声有些断断续续，即使十分努力，他仍无法想象妈妈现在的样子来。

想念妈妈，不快乐地度过每一天，妈妈，生活为什么总是这个样子？

[6]

这是浩森第几次迟到？所有的人都坐着等他一个人。

"他以为他是谁？让长辈这样等他！"蔺光赫已经气得一脸铁青。

浩音赶忙拨哥哥的手机，但是里面传出来的是"您好，您拨打的号码不在服务区"的电话留言。

浩音妈妈双手握着，一脸为难的着急样子，向敏妍妈妈一个劲地说"对不起"。

敏妍妈妈一脸温和，笑着说："没关系，孩子可能有事情。"

坐在一旁的敏妍神情自若，一脸平静，她举止优雅地端起咖啡，轻轻呷了一口。

只有敏妍能想到现在的浩森在做什么。不过，他应该是不会来了。

和一个人相处二十年，除了父母兄弟姐妹之外，这样的朋友应该是很难了吧，又怎么会不了解？从一个眼神、身体语言上的小小变化，敏妍都能知道他在想什么。浩森对她，应该也是这样的吧。

他快乐、健康而充满活力，也容易接近，那时候的敏妍几乎就已经看到十年后、二十年后甚至老去的自己，她看到自己和浩森在一起快乐地生活，有自己的事业，还有……还有自己和他的孩子。

直到六年前浩森妈妈突然去世，一切都改变了。

那个自己原本熟悉的、能一起看到未来的人变得陌生起来。有时，她似乎还从他的眼睛里看到锋利而冷漠的光芒，可以将别人深深伤害的目光。

想到那眼神，敏妍不寒而栗起来，她将杯中的咖啡一口喝完，想象那是吞下整瓶让自己失去意识的酒。

她沉默地面对身边的长辈，又要了一杯咖啡。

ILL MORE 的楼下，千沐修长的指尖在琴键上抚过，忧伤的音符在空中飘荡。

浩森坐在楼上的吧台边喝酒。听到楼下琴师演奏的曲子，他带着几分醉意发着牢骚："什么曲子？真烦人。"

"明杰斯的《最后的舞蹈》，这首作品完成之后，他自杀了。"浩森身边的陌生女人啜饮着"马尼拉落日"，慢慢回答他。

"想不开吗？哦……为漂亮的死亡之舞干杯……"

"是坠楼身亡。"女人的嘴唇又轻轻碰了碰杯沿，望向楼下弹钢琴的千沐，"这个，原本是他的小号作品，用钢琴来演奏，少了些哀怨，却更加伤痛。"

浩森端着酒杯朝楼下千沐的背影举起来，大声地说道："好！为伤痛……干杯！"又将空酒杯伸向吧台，"再来……一瓶……"

他接过服务生的酒，将自己的杯子倒满，又将酒倒进女人面前的杯中："为明杰斯……喝酒。"

女人朝他嫣然一笑，优雅地端起杯子伸向他。

浩森觉得眼前的笑脸好像是敏妍，一会儿又变成在离岛上遇见的千沐，已经无法清醒的意识里，他向身边的女人送上了"原来是你啊"的迷离眼神。

"LCF 的大公子，我看过关于你的报道，有关你跟 GIC 千金的婚事……"

女人的记性很好，一边轻缓地说着话，一边慢慢将身体靠向浩森。

浩森望着眼前的女人，眼神空洞，他一时间什么也看不到了。

偶尔的迷失，不同的女人都可以给他以慰藉，这就是现实生活里的浩森。

妈妈过世后，他记恨爸爸的时候，对突然成为家庭成员的浩音妈妈与浩音怀着敌意的时候，他一直是这样做的。

他像以前每次所做的那样接纳现在这个投怀送抱的女人，甚至不需要询问她的名字。她的口红在灯光下带着蛊惑的色彩，怂恿着被酒精控制的神经的所作所为。

将酒杯推到一边后，她的身体紧紧地贴了过来。

浩森觉得刚才喝的酒全部积聚在一起，像火一样在心里烧了起来。眼前的人是谁？是谁也不会有什么不同。他原本撑在吧台上的手无意识地收了回来，因为十分急切地想搂住她的腰而弄翻了酒瓶和酒杯。

女人的脸埋进浩森的胸前，他的手撑住身后吧台的柜子，两个人拥抱亲吻起来。

······

钢琴声在最后一个长音里结束，像情人间最后的缠绵。

楼下，演奏结束的千沐离开钢琴前的座位，转身进后面收拾东西。

[7]

"哒······哒哒哒······哒，哒······哒······哒，被痛苦耗尽

一切……哇，千沐，这痛苦真……带劲啊。"

在千沐面前做出夸张的舞蹈动作，引得工作间的同事们都哈哈大笑的这个小伙子，是负责灯光的裴谨，因为较好的口才他偶尔还客串一下嘉宾主持。

"平时连夜路都不敢单独走的家伙还好意思这样说痛苦，臭小子！"玻璃房里师傅很快就揭了裴谨的底。

"谁说的？事实根本不是那样，是……"裴谨一脸不服气地分辩，当看到千沐收拾好东西已经走到门口时立刻转向她问，"今天还是骑脚踏车吗？我送你吧。"

千沐转过身温和地笑笑，说："不用，你还是工作时间，小心老板查岗哦！"说着，就小跑着出去了。

玻璃房师傅看在眼里，拍了拍裴谨的肩膀："醒醒吧，臭小子，凤凰终究是要飞走的。"

裴谨站在门口望着外面很久，有些失落地走进来，对同事笑笑，又和他们调侃起来。

脚踏车穿行在夜路上，从脸上抚过的风十分温柔。迎面擦身而过的汽车灯光慢慢在千沐的视线里晕染成彩色的光团，使她觉得这样生活着的自己与世界很紧密地联系着，融入进去，无法分离清楚。

一抹娇艳的红色将千沐从美好的自我感慨中拉了回来。

是它，那辆上次遇到的、差点儿撞上自己的红色奔驰。千沐心里猛地一紧，连忙离开原来的车道，小心翼翼地停在路边。

红色奔驰蛇行一般"吱"一个急刹车，在护栏边停了下来。车门被撞开，烂醉的浩森在路旁呕吐起来。

莫名的气息飘散在空中，千沐的脑海仿若触电般瞬间空白，这个背影让她想起离岛上的那个自己曾经触碰过的厚实脊背。

一切突然到千沐来不及做任何的反应，却又是那么真实地存在着。

千沐望着那个路边的背影，一步步向他靠近，仿佛有一股无形的力量牵引着她。

这时，一双女人的手从红色奔驰内伸了出来，将浩森扶进车内，"嗖"的一声，红色奔驰消失在五彩斑斓的霓虹灯下。

酒吧里出现的女人驾驶着红色奔驰在马路上疾驰。她伸手按了一下驾驶座前面的按钮，车内响起欢快的音乐。

"明杰斯……"已经醉了的浩森望了驾驶座上的女人一眼，伸手去调车内的播放器。

"不是醉了吗？记性怎么还这么好！"她望了望旁边浑身酒味的浩森，嘀咕着专注地开车，没有理会旁边的他。

浩森转过身盯着她，见她一动不动望着前面，突然伸手用力砸向播放 CD 的机器，可西班牙音乐依然欢快火热地响着。

他冲她吼："换掉它！换掉它！换钢琴……"

"你喝醉了！"

车内的女人忍无可忍地将车停在了路边。

"去哪里……你在想……什么，我都知道。"说着，他转身伸手握住她的肩，俯身过去。

那酒红色嘴唇上布满了均匀的光泽，可对浩森而言，这全是无意识的身体欲望，开始就是为了结束。

第二天上午，浩森穿着睡袍在酒店房间的阳台上坐着，手里端着酒杯。

他站起来，走到阳台边上，身子向前用双肘靠着栏杆，将杯中的酒一饮而尽。

从这里望向前面，远处山峦的轮廓隐隐约约，翻过那座山，就是大海。

"你醒了？"昨晚的女人一边拢着睡袍前襟一边走向阳台上的浩森。

浩森依然望着海的方向，因为离岛在海上。

女人十分温柔地依偎过来，抬头望着他俊朗的面孔，问："为什么不多休息一会儿？"然后伸手去抚摸他脸颊的优美线条。

"你可以走了。"浩森语气冰冷，转身躲过她的手背对着她。

"什么？"她走到他跟前，将只着薄纱的身体靠过去，再次确认似的去伸手挽他的臂弯。

"没有听到？我想一个人待着。"浩森将手从她怀中抽出来，没让手臂在她那里多停留一秒。

"你？神经病！"女人冲进房间里面，捡起地上的衣服穿上，抓起沙发上的皮包，气冲冲地离开。

浩森返身走回房间，望着重重关上的门，将空了的酒杯倒满，又回到了阳台上。

[8]

暗房中。

浩森将照片从药水中取出来，一张张夹在悬挂的绳线上。

鼯鼠抱着一枚去年冬天掉下的松果，四处张望，碰巧被他的镜头看到。

山谷中间留着残雪的溪岸，开出了几丛小花，碰巧被他的镜头看到。

一望无际的草海同时昂起头来迎接太阳的照耀，碰巧被他的镜头看到。

七叶树从早晨到黄昏不分昼夜地等待，碰巧被他的镜头看到。

　　起风的时候，鸟群逆风展翅，碰巧被他的镜头看到。

　　女孩儿因为失去重心而摔倒在草坡上，碰巧被他的镜头看到……

　　此刻，她的眼睛睁得圆圆的，一动不动地这样望着他。

　　……

　　药水和寂寞的味道混杂在布满红色光线的暗房里，他闭上眼睛，能真实的感觉到从山里来的风和从海上来的风分别包裹着自己的身体。如果他就此放松下来，放弃站在这地板上的力量，风一定会将他卷起来，再将他送往离岛的某个地方。

　　这应该是人潜意识里的力量的缘故吧。

　　浩森睁开眼睛，看到照片里她受到惊吓的眼神。奇怪的感觉猛地撞了一下他的胸口，红色灯光的温度让他一瞬间失去了现实感。

　　他伸出一只手，慢慢接近面前的照片。

　　手在照片前面止住，就这样停在空中。

　　轻轻地，他对着照片上的千沐做出将头发的动作，想将她散落在额前的凌乱头发抚到耳边，让那张面孔更多一点呈现在自己眼前。

　　在心底里，几乎是无意识地，他轻轻地唤着她的名字："千沐……"那么微弱的呼唤，小到甚至被自己忽略。

"哥……哥……"

浩音的声音从外面传进暗房，变得很闷，好像被关住的是浩音。

浩森的手触电似的突然缩了回来，转身呆望着通往外面的门，恢复神志的他意识到自己刚刚是被一种奇怪的力量牵制了。

他在原地停了停，几乎是倔强而赌气地离开站着的地方，打开门。

"什么事？"看到站在自己房间门口的浩音，浩森问道。

浩音看着浩森，探着身子往房间里望了一眼，说："哥，是爸……他在书房等你。"

浩森下楼，走进蔺光赫的书房。

不多久，里面便传出激烈争吵的声音。

"别再指望我也去做那样的傻瓜了，我不会！"浩森的声音像突然爆炸的地雷般响及外面。

"你懂什么？你知道些什么？"蔺光赫的声音显得沉闷，带着长者的强悍与尊严。

"这里不是你的王国！想想妈妈为什么会那么早离开……"几乎是歇斯底里的声音，然后是有东西被绊到后倒下的声音。

"你给我站住……"

书房的门突然打开，浩森从里面冲出来，又猛地甩上。

正对着书房门站着的浩音，看到哥哥向自己投过来火一样灼人的目光，赶紧低下头去。

然后大门一声重响，浩森已经一个人冲出了家门。直到晚饭时间，也没有见到他的影子。

深夜。

一直复习功课的浩音觉得有些饿，所以下楼进厨房找东西吃，经过餐厅的时候被什么东西滚落的声音惊了一下。

"谁？"浩音出于本能地问了一句，站住仔细听时却什么声音也没有，能听到墙上频率稳健的走钟。

浩音从冰箱里找到牛奶和面包，用力将封口的塑料袋扯开，一边喝牛奶一边上楼梯。

餐厅里面好像又有声音传出来。

浩音转身走进餐厅时，因为踢到许多易拉罐而差点儿摔倒，他一低头，看见浩森靠墙半躺在那里。

"哥……"怕吵到爸爸而不敢大声的浩音，小声叫着哥哥。

"唔……"看样子，浩森又已经喝得差不多了。

"哥，哥……"浩音将牛奶和面包放在桌上，蹲下来轻轻喊着推攘着浩森。

浩森斜着眼睛看了眼前的人一眼，含糊地说："蔺浩音……

你的功课怎么样了？偷偷……下来喝啤酒。哈，幸福的家伙，别不满足……"

"哥，哥……你喝醉了，我扶你上去啊。"

"醉了？哼……你以为你是谁？国王吗？所有的人都得因为你的事业而牺牲掉自己的人生……不会的！我不会……"

浩森的意识还停留在下午书房的争吵里，他毫无顾忌的声音吓到了浩音。

怕哥哥吵醒爸爸又引起风波，体格单瘦的浩音俯身抱住了哥哥。

费了好大力，浩音才把浩森半背半搀着弄到浩森的房里。

望着趴在床上的浩森，浩音不放心将他一个人留在房间，便啃着从楼下拿上来的面包和牛奶，坐在他床尾的沙发上看书。直到整整一大瓶牛奶喝光的时候，他才昏昏沉沉地睡过去。

[9]

早晨因为头部痛感而醒来的浩森，从床上爬起来，看见了歪在沙发上睡得正香的浩音。

望着这个乖巧听话的家伙，他心里除了怨恨似乎又多了点儿别的什么。沙发上的浩音用双手紧紧抱住自己的双肩，以此来赶走梦里的寒意。看到这一幕，浩森心里突然涌起一股暖意，他伸手拿了床上的薄毯替他盖上。就快要接触到浩音身体的那一瞬间，他突然将薄毯使劲扔回床上，转身对着熟睡的浩音大喊："蔺浩音，都几点了，你还不去学校？"

浩音猛地从沙发上坐起来，边喊着"糟了糟了"边跑出哥哥的房间。

浩森回头望了一眼浩音的背影，拿起毛巾进浴室冲澡。

浴室这样的隐秘空间，褪去伪装的外衣和自己独自相对，浩森的人生充满了困惑。

他厌弃现在的生活，却没有拒绝的能力。

在心里期望自己重新来过的他，已经有了无法再更改的过去。就像一直梦想看到洁净无瑕雪地的孩子，回头时因为总是看到自己留下的脚印而充满无法拭去的懊恼。

浴室里，带着温度的大雨密集地敲打着砸向他，让他异常清醒。

妈妈……

妈妈的突然去世应该就是这一切碎裂得无法复原的原因吧。她走后不到三个月，另一个女人和另一个孩子就占据了妈妈原来的位置，无论是名份上的还是物质上的。他因此而对那个在外面被所有人尊敬着的男人充满了憎恨。

不能原谅，永远不会。

这种恨因为渗透着无法更改和转移的情感而变得复杂，

像根须上的泥土，因为嫌弃而将它完全洗掉的话，也许就不能拥有生命了吧。

　　冲完澡出来，浩森看见浩音坐在他刚刚睡过的沙发上。

　　"不去学校，在这里做什么？"平时浩森不是威胁这个单纯的孩子说假话，就是喝了酒无端训斥他，即使此刻，他的话里同样充满冷漠与尖刻。

　　"今天上午没有课……哥，我有话要和你说。"坐在沙发的浩音做了很久的心理准备，才鼓起勇气抬起头站在他的面前。

　　"说。"浩森抓起毛巾擦拭头发，语气依旧冷淡。

　　"不管你生气也好，不愿意理我和妈也好，我们已经是一家人了……"浩音很快说完，重重松了口气，像是已经准备好迎接暴雨的小苗。

　　"谁和你是一家人？！"浩森将毛巾摔到沙发上，瞪着浩音等他说下一句。

　　"哥，是哥哥你。你每次对我发脾气，威胁我，不理我，我都没关系。可是你是哥哥，爸爸最大的孩子，家里的长子，你应该看到爸爸他为了我们……老了很多……"

　　"别在我面前提'我们'！一直只有你们。从妈妈去世的那一天起，一直就是，是你们！"他的情绪突然激动。妈妈笑着的样子在床头的照片中望着他，这么近，却永远地远了。

"哥，如果一个人生气了，但是周围的人还是用微笑去面对他，他便不再生气了，对吗？从小到大，我也是这样对哥哥你的……因为，你是哥哥，我爱你。"

浩音说着哭了起来。

"说完了吗？说完了走！"

"哥，为什么我们不能开心一些相处，在别人看来，我们是那么好的一家。"

"是谁准许你进我的房间的？出去！"

"哥！"

"出去！"

"哥……"

浩音走出房间，浩森马上把门关上了。

浩音表情疲惫而痛苦地站在走廊上，他小声地说："我们是一家人，哥……"

穿上睡衣走出房间的浩音妈妈看到儿子站在走廊上，便问："浩音啊，你一大清早站在你哥哥房间门口干什么？"

"哦，没什么，妈你多睡一会儿吧。"

浩音说着，扭头将他挂满泪水的面容对着墙壁，走回自己的房间。

听到门外浩音的说话声，浩森坐在沙发上，想着刚刚浩音的话。也许，他只是自己和这个复杂家庭敌对下的牺牲品。

这样的早晨，房间里似乎透着黄昏的阴霾，低低的云积压在他的心里，可是，却没有一场痛快的雨来临。

他抱起吉他坐在地上，拨弄着自己的歌。背后的风景柱上，新挂上了一张照片，是千沐摔倒时受到惊吓的样子。

[10]

沿滨江道一路跑步的千沐，觉得终于给自己的肺部来了个大扫除。

停下来的时候，她重重地舒了口气，感觉精神了许多。

看来，还是要坚持清晨跑步的习惯啊。

前面拐角的路标上写着"前往花市"，千沐想到以前在昆明时，她每天早晨都会沿着公园外墙的安静街道跑步到花市，带上一捧便宜新鲜的姜花回来送给厨房里的妈妈，然后再去学校。

即使现在不能马上送给妈妈，放在肖允儿和自己的房间里也很不错吧。

她望着路标笑笑。

习惯晚起的冠杰不知怎么了，四点的时候醒来，做了俯卧撑，还第一次有目的地打扫完了房间，可时间才刚过六点。

冠杰第一次感觉到早晨时间的漫长。不是说"惜时在晨"吗？心里真是有些惭愧了。

换上果绿色的 T 恤，他出门沿街慢慢踩着脚踏车。刚刚洒过水的路面在清晨的路灯下泛着白色的光亮，脚踏车自由前行时，滚珠发出的清脆声响十分好听。

一切宛如启幕前的宁静。

在 24 小时营业的超市门口停下来，冠杰进去拿了一些不同牌子的速食面出来。看到穿着制服的小伙子骑着脚踏车，后面码着捆扎好的鲜花。

他跨上脚踏车，不自觉地便跟着到了花市门口。

这里的人们感觉已经忙碌了很久，就像现在已经是一天中的正午，而不是清晨。

因为他从来不曾这样早起床，更是第一次在这个时候来花市，冠杰不由得被眼前的画面吸引了。

轻轻呼吸，都感觉自己也是香的了。

他终于忍不住将自行车就这样丢在门口，伸开双臂像拥抱风一样，去捕捉空气中的花香。

"喂，你的车子不能放在这里。"门口的大叔在冠杰身后叫他。

"随便你好了！"

冠杰一路纵身飞奔进花的世界，他果绿色身影像这个季节在风中狂舞的叶子。

那些系着某某花铺围裙、戴着口罩的店员，那些起早就来进货的生意人，都向他投来惊异的目光，像蜜蜂和蝴蝶看着一只意外落到花丛里的蜻蜓。

冠杰连忙收住自己的脚步，调整呼吸后，有规律地迈着步子。

不管是多色的玫瑰还是各种绿叶草，冠杰都会将头探过去看一看，闻一闻。

越往里走，空气中的香味越浓郁。

这里的人们心情应该都是非常愉悦的吧。在这样一种舒适的环境里，就算遇到怎样的不愉快，都会被这美妙的香气给驱散了，这种"香薰疗法"或许是治疗心情的最佳良药吧。

想到这些，冠杰忍不住自己笑了起来。

一种清甜的气味若有似无地萦绕着，冠杰感觉自己的肚子里一阵空响。

白绿相间的铺面里，是一丛丛白色的花朵，它的花瓣薄得几乎透明。

冠杰走到前面停下来，深吸一口，是的，就是那种清甜的味道。

不过，好像头有些晕晕的。

他侧过脸，看见和自己并排站着一个女孩，头发向后面扎成马尾，穿着白色的运动服。她一边取下戴着的口罩，一边将脸凑近白色的花束……

是她，那个在信息中心看《冰河世纪》的女孩。

冠杰呆呆地这样望着她的侧面，差一些因为失去重心而一头栽进面前的白色花束丛里。

千沐陶醉地闭上眼睛，甜美的味道随着呼吸缓缓地抵达全身，她睁开眼睛，感觉到旁边有人望着自己。侧过脸，便看见冠杰站在姜花丛前对自己笑。

可能是有些过敏，冠杰突然觉得鼻子里有些痒痒的，让他十分难受。尽管他不愿意在她面前表现出来，还是忍不住打了一个喷嚏。

像突然来临的感冒的症状，第二个，第三个，冠杰窘得愣在那里。

"你应该戴上这个。"千沐说着从花丛边的大口袋里拿出一个白色口罩递到了冠杰面前。

"什么？"

"保护你的鼻子。"她说话的声音也清甜清甜。

"哦。"冠杰接过口罩来戴，也许是在她面前过于紧张，口罩后面的带子怎么也弄不好，总掉下来。

他尴尬地朝她笑笑。

千沐走到他身后，接过两根细细的棉质绳子轻轻一系，口罩就牢牢戴上了。

等冠杰转身过来，千沐已经走出一段距离。

他追上去，用自己感觉最轻的步子走在千沐身后，像不懂得说话的影子。

"有事吗？"千沐回头看着紧跟着自己的人问。

冠杰指着自己的口罩，含糊地说着什么。

"哦，口罩不用还的，每个店铺都有。"

千沐似乎明白他的意思，说完扭头走了。

他将口罩取下来，又忍不住打了个喷嚏，跑过去跟在她身后。

在前面的一家铺面前停住脚步，千沐指着脚边的一盆茉莉问老板怎么卖。

"四十五元。"

茉莉会让千沐想到昆明。她付完钱弯腰准备抱面前的茉莉时，身后的冠杰抢先一步夺过盆栽，走在千沐前面出了花市。

千沐在后面大声说："喂，我的花。"

"你的花，它需要一个派送员。"

"谢谢，但不必了。"

"有必要的。"

"为什么？"

"那你等我一下。"冠杰将茉莉放在地上，折回去跑进花市。

不一会儿，他推着脚踏车出来了。

冠杰将脚踏车放好，像演员表演前的提示那样，站着咳嗽了一声。

千沐不知道他要做什么，只是好奇地看着他。

只见冠杰学着《冰河世纪》中的大门牙黄鼠狼一边转圈，一边望着自己的身后大声叫喊着："比奇，尾巴着火了！着火了……不，是我的尾巴着火了……"

千沐终于忍不住笑了起来。

看到千沐的笑，冠杰突然安静下来，静静地、略微痴迷地望着她。

千沐突然想到上次自己在学校电子信息中心的失态，不自觉用手捂住自己的嘴，低声叫了一声："呀，真丢脸。"

"顺风车，贵宾座哦，要不要体验一下？"冠杰拍拍脚踏车后面的位置，冲着千沐喊。

千沐抱着茉莉坐在后面。

冠杰在前面边努力蹬车边问："在回去之前先吃早餐怎么样？"

"好。"

两人并排站在街边喝热汤，说着话。

"你是学生？在哪所学校？"冠杰试探性地问。

"我是中国来的交换留学生，汉城大学音乐系的黎千沐。"

"我叫孔冠杰，也在汉大读书。你快二年级了吧？"冠杰望着汤里浮着的青菜梗。

"下个学期。你怎么知道？"千沐望着他问道。

"哦……猜的，我比你高两个年级。"像是不小心将秘密暴露了一样，冠杰赶忙拿手边最近的一样东西去掩饰。

正在喝热汤的千沐并没有觉察什么，她觉得这热汤味道特别好，便对老板娘说："老板娘，我还要一碗热汤，另外替我包四个紫菜卷。"

冠杰端着碗目不转睛地望着千沐和店主说话的神情，一不小心，热汤全洒到了身上。

因为被烫到，冠杰不由得往后退了一步。千沐赶忙从衣服的口袋里掏出叠得方方正正的手绢，递到冠杰面前。

接过手绢擦拭着衣服前面的汤渍，冠杰感觉自己手中握着的并不是手绢，而是一件能够将自己和她联系起来的物品。

他心里指挥着手，想将手绢移到嘴角，看到将紫菜卷放进纸盒后准备付款的千沐，赶忙将手绢塞回口袋，然后抢先付款。

"谢谢你请我们吃早餐。"

"你们？"冠杰疑惑地问。

千沐笑笑，指了指手中的紫菜卷，说："我，还有同住的朋友。"

"吃饱了？出发吧！"冠杰将餐盒与前面篮子的速食面放在一起，慢慢地踩着脚踏车。如果脚踏车不会倒下来的话，他希望还能慢一点。

"和你同住的也是在这里的中国朋友吧。"

"不，是偶然遇见的韩国朋友。"

"哦。会不会已经迟了？"冠杰想到之前自己的担心，在心里傻傻地嘲笑了自己一番。

"什么……"

"去学校不会迟了吗？"冠杰扭头问后面坐着的千沐。

"不会的，还有时间，回去还可以替它打扮一下。"千沐望着手中的茉莉，满足地笑。

当千沐说"到了"的时候，冠杰有些不敢相信自己的眼睛，他一只脚撑在地上，另一只脚还踏在脚踏车的脚踏板上。

"你……住这里？"

"想不到吧。这里……看上去是不是像座城堡？"

冠杰会意外是千沐早就预料到的事，她也对自己能住进这样漂亮的房子而有过很长一段时间的不相信。

"呃……看上去真不错，是打电话找到的吧？"

"不是，我们偶然遇到。"

"偶然遇到？"冠杰疑惑地望着房子，又看看眼前的千沐，笑笑说，"进去吧。"

千沐捧着茉莉进去，突然记起她还要说再见或谢谢之类的话，连忙转过身来，发现冠杰已经踩着脚踏车走了一段距离。

并没有直接回去的冠杰沿着滨江路到了江边的公园。

在缓坡的草地上，冠杰终于抑制不住自己的喜悦，双手松开脚踏车的前把手，让自己顺着渐渐失去重心的车子摔倒在柔密的草坡上。

在风的吹拂下，小草在冠杰的视线里轻轻摇着身体，他伸出双手捂住胸口，剧烈跳动的心似乎不安分待在胸膛里，它想要飞出去，想要疯狂地飞出去。

[11]

坐在画架前的肖允儿抬头，看见推门进来的千沐，她怀中的茉莉冒出了好几处米色的小花骨朵。

千沐将花摆在窗前，温柔的晨光从斜角 45 度的地方将她的侧影映在屋内的墙上，从额前的发丝、鼻尖到下巴的地方，是柔和流畅的线条。

"别动，站在那里别动。"肖允儿让进来的千沐站在原地。

"什么？"将花盆放下的千沐拍拍手上的土，准备回自己的房间。

"我说站在那里，别动呀！"

"怎么了？"

看到肖允儿手上的画笔，千沐又将已经放好的茉莉抱了起来，问道："要很久吗？时间差不多了啊。"

"你快迟到了吧？那算了。"肖允儿将手里的笔重新扔在了条桌上，背对着千沐望着窗外。

换去身上跑步的衣服，千沐急急忙忙下楼。

肖允儿放在身侧的拳头握住又松开，几番犹豫之后，肖允儿终于转身叫住了正欲出门的千沐。

"千沐……"

"唔。"

千沐抬起头来看了一眼倚窗而站的肖允儿，她的橙色上衣很有秋天的感觉。

"和送你回来的人……认识很久了？"肖允儿问千沐，可看着她的眼光却有些躲闪。

"什么？"千沐一时没有想到冠杰。

"刚刚，送你回来的人……"肖允儿始终不说他的名字。

"你是说孔冠杰吗？在花市偶然碰到，他忘记戴口罩了。"

肖允儿听她这样说，心里松了口气。

"哦，这样啊。没事了，你快走吧。"

千沐也没放在心上，说了句"我先走了"，便把门关上走了。

从窗户外面，看见千沐推着脚踏车出了大门的肖允儿，掏出手机按下了电话号码。

"您好，您拨打的号码已经关机，请转接到语音信箱。"

肖允儿重新拨了一遍刚才的号码，依然是同样的答复。她合上手机，将它朝沙发扔去。小小的身体在沙发上一弹，掉到地上后，裂成两半。

冠杰的手机在床上放着，显示电量不足的提示音响了两声后，屏幕指示灯便不再亮了。旁边，放着喝热汤时弄脏的果绿色T恤和深色裤子。

喷头里的水带着热气喷淋在冠杰的头发上、脸上、身上，再向四周跳开。

铺满视野的白色花丛从透明的水帘挤进他的脑海，然后，是千沐转过头来的笑脸。

关于她，他只需凭她有些单薄的背影，她在晨跑之后散落下来的发丝，她鞠身闭目的神情，她握着白瓷碗边的手指，就已经得到她的全部。

在她身上，有一种让他感觉平和、温暖，同时却又让他激动而无法自持的力量。

只是面对记忆中这样的笑容，他感觉到心脏里面一阵狂跳，无端地慌乱了起来。

冠杰对着喷头仰起头，可这样让他的心摇晃得更加剧烈。

闭着眼睛，伸手在旁边的架子上扯下毛巾，将脸上的水擦拭干净后，冠杰才发现手中的毛巾和洗干净的薄手绢缠在了一起。

是她伸手递过来的手绢。

镜子里的冠杰慢慢将手绢送到唇边，轻轻吻了吻，又因为这样的举止将握着手绢的手垂了下来，无助地注视着镜子里面的人。

不知道海浪拍打岩壁的时候，会不会让岸感受到这样的震动？

将手绢晾好，换了轻松舒适的衣服，再背上他从二手市场买来的笔记本电脑，冠杰骑着脚踏车去教室。

一会儿是金教授的课，冠杰伸出手看了看时间。

金教授在讲解视觉中的主观分离意识。从后门轻轻溜进去的冠杰，还是被点名叫住了。

冠杰朝教授抱歉地点点头，坐到自己的座位上。

课程结束后，学生离开教室，冠杰还坐在自己的座位上望着电脑屏幕发呆。

除了孔冠杰，其他学生都走光了，讲台上的金教授忍不住开口："孔冠杰，时间到了。"

回过神来的冠杰抱歉地站起来欠了欠身，开始收拾桌上的东西。

"孔冠杰，你有什么事情吗？"两个人并排走在校园里的时候，金教授以朋友的口吻问他。

"哦，没有什么。"

"没有？今天的课堂上我讲过什么？你知道吗？"

"教授，我……"

"好了，拿着这个，下节课之前记得送到我的秘书手中。"金教授将手中的讲义资料放到冠杰手中，"还有，梦想虽只是方向，但由你的行动来决定你和它之间的距离，别只是站着观望。"

冠杰望着手中的讲义资料，木讷地站在那里。

[12]

音乐系教授的办公室里，几个人正观看一些录像片段，屏幕上出现千沐演奏的场景，其中一个中年男人指着屏幕问："全教授，能不能看看她的资料？"

全教授将千沐的资料放到他跟前，用像往常上课时的口吻说道："她是去年留学生交换计划来学校的中国学生。这个学生最擅长的是钢琴演奏，对音乐的体会很有自己的观点，并且注重细节，能很好地领会和处理作品，情感流露把握……"

"好，就她吧。"男人打断教授的话，将手中的资料放到桌上，对身边的年轻男子说，"崔秘书，记得将黎千沐的资料影印两份。"

千沐站在教授的办公室，一脸愕然。

刚全教授告诉千沐，她将参加 GIC 三十周年庆典宴会，看样子还有希望在毕业后成为他们音乐工作室的头号空降兵。

"GIC？"

"是很具声望的传媒机构，这也是很多人希望跻身进去的地方啊。好了，你好好准备一下，时间是下个月六号，离现在只有十多天了。等他们确定下来宴会上要求演奏的乐曲，我的秘书就拿给你。"

千沐从教授的办公室出来，有些欣喜，但又不知为什么，她隐约感觉到忐忑。

晚上，两个女孩对坐着，银色汤匙与碗相碰，发出清脆干净的声音。

除了器皿碰撞的清脆声，空气中都是沉默的味道。

电视机里播放着最新上榜歌曲的 MV，在厨房里面清洗餐具的千沐隔着空空的餐厅，对肖允儿说着自己心里的不安。

肖允儿拿着遥控器按住，歌手的声音逐渐小了起来。

放下遥控器，肖允儿拿了盘子里的一个苹果咬了一口，走到厨房门口问千沐："为什么不安？不是应该很兴奋吗？"

"不知道。"

"知道那些大学里的高材生怎么挤破脑袋要进 GIC 的吗？就当它只是一次宴会，像往常那样演奏后回家就是。"

"……"

千沐沉默着，将碗递到水流下冲洗。

因为隔着手套，她完全不能确定水的温度是否能将碗里残留的食物味道清除。

肖允儿见千沐这样，故意伸手挠了挠她的腰，笑了笑说："不说这个了，洗完了吗？给你看样东西。"说着自顾自地将千沐身上的围裙脱了下来。

千沐把手套放在了一边，被肖允儿拽着到了她房间的画架前。

那是一幅淡彩画：

清晨的女孩子在一所房子前面驻足仰望着门楣上的图案，阳光洒在她脚边的落叶上。

旁边，应该是肖允儿自己写的汉字：相遇。

"你的中文字写得很漂亮。"

肖允儿回头看看千沐，告诉她："这不是写的，是画的。"

"画的？"千沐想起自己小时候不知道笔顺的时候写生字时的自己，便笑了出来。

千沐拿出纸和笔，说："我来教你吧。"

"在你知道读汉字时，老师会提醒你记住它的体形。先确定你要写的字的结构，还有，笔顺是十分重要的……"

肖允儿沉默地望着埋头认真写着"相"字笔顺的千沐，却慢慢将目光望向了窗外。

· I WAIT FOR YOU ·
· FROM MORNING TO EVENING ·

遇见她
就像萤火虫遇到星光
美好似乎慢慢靠近

· I WAIT FOR YOU ·
· FROM MORNING TO EVENING ·

遇见她
就像萤火虫遇到星光
美好似乎慢慢靠近

· I WAIT FOR YOU ·
· FROM MORNING TO EVENING ·

遇见她
就像萤火虫遇到星光
美好似乎慢慢靠近

第二幕

时间在呆立的鸟儿那里与在水中追逐的鱼儿那里是一样的吗？
对隔着千山万水却依然彼此相望的你我而言，时间是什么？

· I WAIT FOR YOU FROM MORNING TO EVENING ·

[1]

家，是和童年和七彩糖果相关的地方，到了浩森这里，
一切都断裂了。

这只是他自己挥霍生命的高级寄居处而已。

敏妍进来的时候，大厅里只有打扫的阿姨在擦拭着早已
很干净的桌台。见到敏妍小姐，她忙说蔺先生在公司，夫人
在内室工作，兄弟俩都在各自房里。

敏妍进到内室，笑着向正在剪拼布艺的浩音妈妈打招呼：
"阿姨越来越忙了。"

见是敏妍，浩音妈妈放下手中的工具，离开座位坐到沙
发上。

"来找浩森的吧。"

"嗯。"

"他今天回来得挺早。我说他今天怎么没有出去，原来是约了你来。"

敏妍心里明白，只是尴尬地笑笑，说："很久没有陪阿姨一起去商场了，等举行完庆典再去吧，听说现在有不少新的款式呢。"

"好啊。"浩音妈妈心里觉得很是欣慰，伸手握了握敏妍的手。

"那，阿姨，我先过去了。"

"好。"望着敏妍的背影，浩音妈妈想到虽然有时候浩森有些脾气，但如果将来能有这样乖巧的孩子和自己成为一家人，那也是件再好不过的事。

刚走到楼上的廊内，便看见浩森从房间里出来，看样子好像要出去。

"陪我去街上吧。"敏妍开口。

"我有事。"

"这次一定要去。"

"我说过了，我有事要出去。"浩森的声音突然大起来，尽管他出去的原因只是为了喝酒。

"庆典的时候总不能穿得像陌生人一样吧？"

"那又怎么样？"

"至少，我与你不同，我要做顺从爸爸的女儿。"

"但愿只是如此。"

"那你觉得还会有什么吗？"

"那最好。"

浩森说着自己先冲下楼，走在敏妍前面将车开了出来。

敏妍觉得自己赌气似的说过之后，心里一点儿痛快的感觉也没有，而是隐隐的痛感，并不会马上就消失的痛感，像被寒风肆虐干净后什么也不剩的荒野，要等上很久才会有希望出现。

她不知道自己和浩森之间的对话什么时候开始变成了这种夙敌似的守卫与攻击，或许还有怨恨。

但是，她明白他们相互怨恨的并不是彼此。

也许，这是她心里能鼓励自己坚持着不放弃的唯一希望。

在平时常去的服装名店里，浩森随便对服务员说了款式及颜色，要求庄重得体地出现在宴会上。

选好自己的西服，一并连敏妍的款式以及各自的必要配饰，也是在这里决定的，没有再去第二家。

两个人穿上各自的衣服，站在镜子前，俊男美女的组合不禁引得店员赞美惊叹。

敏妍非常不是滋味地望着身边沉默的浩森，似乎有成堆的话在心里，却不知道该从何说起。

"好了，走吧。"

浩森催促的声音将她的心思全搅乱了："哦，我想再看看。"

敏妍走到连通的二线品牌区，从衣架上取出一件款式简单大方的黑色缎质裙装，问店员价格。

旁边的店员告诉敏妍，因为简单的款式，而且价位适中，所以很受白领层女性的青睐。

"好吧，就选这个样式的 160 号，包起来吧。"

浩森走过来，看了一眼敏妍手中的衣服："改变品位了？160？礼物？"

"是为新的音乐项目代言人特意准备的衣服。她要在庆典上演奏爸爸以前的作品，听说是留学生，也许正为没有合适的衣服而发愁呢。"敏妍的语气淡淡的。

听到留学生几个字的时候，浩森的脑海中突然闪现出千沐的样子。他将目光望向窗外，那里是热闹而繁华的街景，彩色缤纷的流光抚过人们的视线。

是啊，这个地方与离岛是那样不同，他好像感觉时间正从身边急速流走，在那旋转的漩涡里，他也一并被卷走，而回忆里的千沐却还独自等在离岛缓缓流淌的时间里。

这样的感受，无端地让他的心里一阵慌乱。

和敏妍回到车里，他一句话也没有，直到车子在敏妍家的门口停下。两个人几乎都无法像普通的朋友那样道别，却又都在等待对方做出举动。

"敏妍，你的人生就这一种可能吗？"过了许久，浩森先开口，他指的是顺从家族的意愿而决定自己的未来。

"我很满足，也很幸福。"敏妍觉得幸福，是因为她需要顺从的那个人就是身边的他。

"你应该很清楚，我不会爱任何人，也不可能只有一个女人……"

浩森的话还没说完，敏妍突然转身凑过来，用唇堵住了正在说话的他，有些急促，也显得笨拙而鲁莽。

但只是这样轻轻一碰，敏妍又马上坐好了，扭头望向车窗外，不想让他看到自己的激动情绪。

一切都很突然，浩森不知道敏妍会做出这样的举动。从小到大，她都有礼而谨慎，对每件事都会仔细考量，这样的人怎么会……

他伸出来的手慢慢移向自己嘴边，想去拭去残留在那里的属于她唇上的香味，紧张而尴尬的气氛让他抬上来的手改变了方向，像遇到救星那样往前，紧紧抓住了方向盘。

沉默像流水中漂着的花瓣，停留在两块静止的岩石之间，旋转，再旋转，不走。

"你这是做什么？"浩森用牙齿咬了咬自己的下嘴唇。

"这早已不是你的第一次了吧，你还会记得那个人是谁吗？"已经平静一些的敏妍拨开粘在嘴角的一丝头发，目光平视前方。

"什么？"浩森知道她指的是什么，即使她说的是其他话题，他照样也只会说这样两个字。

"那个拥有你第一个吻的人……"

"……"

浩森低头盯着手中的方向盘，在想那个国中时隔壁班的女生，已经记不清叫什么名字了，就连面容也模糊不清，后来，应该就是其他向他送来倾慕眼神的女生吧。

他不相信爱情，因为妈妈的死，因为爸爸在不到三个月的时候将其他女人带了回来，还有突然冒出来的弟弟。那样就是爱情？如果爱情依附的地方还同时住着那样的灵魂，他不会要爱情，也不会爱任何人。

绝不爱任何人，是这样的吧？

敏妍神思惘然，自言自语着："很久以前，我早已想这样做的，却害怕。第一次看到你吻别人时，才明白自己早已经失去了。看到你现在的样子，我更加害怕，害怕自己因为这样的你而放弃，去报复……可我不想将它给别人，除了你以外的任何人。"

敏妍说完，将车门打开下车，又很利索地打开后面的车门，提起装有衣物的三个袋子，将门关上，匆匆上了大门前的台阶。

车子的后座上，装着新西服的大袋子上印着一排小小的字母，它被烫成银色，深深陷进布质的纹路里。

[2]

千沐进门就闻到了煮速食面的香味。

"肖允儿，煮面了吗？不是说好我来煮的吗？"

"今天你走运了，可以尝到这么好的食物。当然，还有值得庆祝的事情。"肖允儿戴着厚厚的手套，高兴地捧着煮好的一小锅面从厨房出来，放到桌上后，又转身去取来碗筷。

看她忙乱的样子，千沐坐下来伸头瞧了瞧面前的锅子，赞叹道："真香啊，不过，以后还是要等我来煮啊，要不，我的房租费一定没法还清了。"

两人相视一笑，拿起碗筷将锅子里的面分别夹到自己的碗里。

"你刚刚说什么？什么值得庆祝的事情？"千沐一边将面条卷到筷子上往嘴里送一边问道。

"现在不能说，得收拾干净后才能说的。要不，你想想看是什么好了！"肖允儿伸出筷子去夹碟子里的泡菜。

望着一脸神秘的肖允儿，千沐笑着说："你的画获奖了？"

"我的画经常获奖的。"

"中了乐透彩？"

肖允儿环顾四周，得意地一摊手："现在这样，不用中乐透彩别人也会嫉妒的。"

千沐指着自己的脸，朝肖允儿做了个"真厚啊"的眼色。

"你生日？"

"肖允儿的生日你就只给她吃这个吗？"肖允儿已经端起碗开始喝汤了。

"啊，是不是你看到它们发光了？"

"什么？发光？"

"我养的萤火虫啊。"千沐惊喜地望着楼上，起身准备上楼去看看。

"不是！"肖允儿终于投降地将筷子和碗放回桌上。

"是你让我猜的。"千沐一脸的委屈，收拾桌上的东西进厨房。

肖允儿跟到厨房门口倚门站着，问千沐："你就没有想到是有人送你东西？"

"谁会无故送我东西啊？"千沐擦干手上的水。

肖允儿围在她身边问："是不是有交往的人了？是他送来的贵重礼物，快承认吧。"说着转身跑到客厅将一个精致的大盒子拿出来放到桌上。

粉色的礼盒，上面系宝蓝色缎带，不知道是不是弄错了，至少它看上去十分讨人喜欢。

千沐望着这只盒子，两手紧紧握着放在膝上，实在是想不出谁会送她这个礼物。

"快打开看看是谁送的啊？我早就想拆开看，等你回来等太久，无事可做才煮面的。"肖允儿几乎想替她拆。

"肖允儿，可能弄错了呢？"

"弄错？派送生很有礼貌地问'请问是黎千沐小姐的住处吗'，还有谁叫黎千沐？好了，快些拆吧。"

千沐用手将缎带小心拉开，将盒子盖打开，里面是件黑色缎质小礼服。两个人惊讶地对视一眼。衣服旁边还有张卡片，千沐小心地拿起，上面写着：

黎千沐小姐：

欢迎你参加 GIC 三十周年诞辰宴，

很高兴那晚能听到你的出色演奏，

希望你能穿上这件完全按照你的尺码挑选的衣服。

李敏妍

卡片背后还很贴心地附有一张名片。

"李敏妍？你朋友？"肖允儿好奇地问。

"不认识。"千沐一头雾水。

"看得出来他们很有心，还为你去参加他们的宴会特地送来合适的衣服。"

肖允儿见谜底在自己的意料之外，便失去兴趣，转身拿起遥控器打开电视，一个频道一个频道地转换着。

倒是千沐松了口气："我还真没合适的衣服穿着去呢。"

"真不愧是 GIC，细节关怀让人无话可说。好了，穿上试试看吧。"肖允儿建议。

千沐点点头，抱着盒子回到楼上自己的房间。

过了一会儿，肖允儿听到千沐在楼上叫自己，她一抬头，看见站在楼梯口的着黑色小礼服的女孩。

就是现在这样的千沐，她按时出现在 GIC 三十周年生日的宴会上。

[3]

神话酒店的服务生看着千沐露出惊艳的笑容。

同样如缎的黑发柔顺垂肩，简洁素雅的装束，所有的人都不禁多看她几眼。

大厅里灯火辉煌，乐队、美食、靓丽的男女，空气中除了甜美便只剩下欢快了。

千沐远远就用目光找到了自己这晚的位置，目光平视着，在心里默吟着要演奏的曲子的旋律，因为胸有成竹而使步履更加轻盈起来。

刚刚坐定，即兴演奏的弦乐队便停了下来，一个中年男人，就是去全教授处拿千沐资料的人，站在前面开始讲话。千沐因为在想着李敏妍是谁，完全没有听到他在说什么。

最后掌声响起来的时候她听到了最关键部分：

"……下面请 GIC 集团总裁李忠瑜先生讲话。"

又是一阵掌声。

"李忠瑜？李敏妍？"千沐想着这两个名字或许有什么联系。

一个中年男人，看上去约莫五十岁，或许还年轻一些，边从嘉宾席站起来边顺手抹了抹他西装的前襟，从容走到台前，与千沐及钢琴成 45 度角的样子。因此，她抬眼便看到他侧着身的后背。

"三十年前，二十三岁的年轻人因为喜欢音乐而租了便宜的地下室做工作室。怀着梦想，却在很长的一段时间里只能替不知名的电视剧集写指定的背景音乐。我想说的是，拥有音乐制作、媒体广告、酒店管理的 GIC 并不是当年那家音乐工作室的目标，它只是这个梦想三十年后的开始。还要告诉大家，GIC 将与最强势的影视集团合作……"

台下传来一阵掌声。

千沐的旁边，乐队的两个人小声在议论。

"唉，这么多花样，不就是商业联姻嘛！"大提琴手一脸不屑。

"商业联姻？"小提琴手不明白状况，语气中表现出他的强烈兴趣。

"GIC 的千金与 LCF 的公子呀！真是……万事俱备，只欠东风。"大提琴手似乎每一句都在关键处。

"什么东风？"小提琴手好奇地追问。

"时间，人从长大到结婚都需要时间呀。看到没有，那两个人，一个愁眉深锁，一个眼神空洞，啧啧啧，看来情况不妙啊！"

大提琴手说出的话像是自己就是唯一知情者，其实仅仅只看到问题在关键处留下的皮毛而已。

千沐的目光越过照明设备的支架，朝楼上的嘉宾席间投去，那里全是衣着光鲜的陌生人。

空着的座位这边是一位中年夫人，她的身边坐着一位年轻的女子，看上去和千沐差不多年岁，她的头发全都梳理到脑后，露出漂亮的额，眉目之间，透出清秀与沉稳，但给人心事重重的感觉。这应该就是"愁眉深锁"的千金吧。

再过去是一个穿深色西服的男子，他的眼神……

[4]

那是千沐认识的眼神。

他飘移在某个未知的地方，也许根本就不在这个大厅里吧，千沐这样想。

第一次坐在钢琴前感到无所适从的她，将目光收回放在面前的黑白琴键上，深深吸了口气。可又忍不住抬头，他周围的人是敏妍妈妈、蔺会长、浩音妈妈、浩音，还有敏妍，他们节拍一致地礼貌鼓掌。而他，他的眉眼，他的鼻子、嘴角，也许还有他的心，都不在这里。

千沐觉得坐在下面的他冰冷得像个陌生的躯壳，这样的他不是那个在岛上笑着的人吧。

不是吧。

千沐望着他，将目光落在他空洞得不知停留在什么地方的眼神里，一遍一遍在心里反复确认这样的念头，心里慢慢升起一股股哀伤。

他将目光移了移，像是感应到什么似的望向千沐这边。原本不知道在哪里漂移着的眼神像看到丢失已久的某样宝贝，突然像聚光灯一般亮起来。

望着一下子鲜活起来的眼神，千沐确定是他，那个在离岛遇到的男人。

你好吗？你怎么了？千沐的眼睛在问他。

为什么？这是为什么？

他的眼神失去了在岛上时的神采，里面的荧荧亮光，充斥着懊恼与绝望，甚至在慌乱中将目光移向别处。

那种感觉像突然碰触到某个不能触碰的伤处，只能无助地逃向空中。

千沐将目光收了回来，重新落在琴键上，心里有种空荡荡的感觉。他是失去了什么吗？

"因为最初从事音乐制作工作，因此特意安排这样的环节，在 GIC 三十周岁的日子，让大家重温创业之初的艰辛与充实。"最初讲话的中年男人转身望向千沐这边，所有人的目光也投向了她。

原本知道自己要做什么的千沐，对一切都不确定起来，曲子的调式、旋律全都消失了，脑海中一片空白。她望着眼前的琴键，垂着双手一动不动。

看到这样的情形，中年男人连忙补充似的提醒："来自中国的音乐系学生千沐小姐将为我们再现三十年前的动人旋律，她也即将成为 GIC 音乐制作项目的代言人！"

台下响起了雷鸣般的掌声，千沐觉得一阵冰冷从后背直抵脑门。她的手不受控制地轻微颤抖，她不由得将目光投向台下嘉宾席位置上的那个人。

好像是感应到这个求助的眼神一样，浩森慢慢将视线聚焦在钢琴前面的人身上，一刻也不能离开。

我怎么办？

千沐又一次用眼神问他，慌乱得几乎要逃走，离开这样的他，哪怕停留在没有重逢的未知里也好。

别害怕，相信你自己。

浩森望了望台上的钢琴，向她递过去"它会指引你"的眼神。

千沐慢慢抬起手来，手指碰触到琴键的时候，一切似乎全回到记忆里面。

她的右手快速滑过琴键，像在 ILL MORE 那样，指尖充满了活力，又灵动地舞蹈起来。

将三十年前的曲子加入自己的理解，对乐句进行适当的修饰，千沐的演奏既有自己的风格，又不失原来的用意。

站在大厅里的人一边相互和身边的人议论着，一边致以热烈的掌声。千沐坐在那里，感觉那些掌声和目光交缠在大厅里，混合着她前所未知的某种东西，然后一齐跌落在她身上。

她浑身都在发热，某种莫名的情绪东冲西撞撞得她内心生痛。

乐队的舞曲响了起来，侍者的身影开始在下面的人群间穿行。大家陶醉在弥漫着香甜的空气中，乐队用音乐提示第一支舞的时间到了。

中年男人走过来："可以荣幸地请你跳一曲吗？"

千沐抬头看了一眼楼上的位置，那个人已经不在了。她在心里轻轻叹了叹气，对面前的中年人礼貌而抱歉地笑笑。

一转身，掠过人们的身影看见了大厅那一边的画面。

浩森慢慢走到年轻女子的面前。敏妍伸出手，搭在了浩森的手上。

这是宴会的开始，也是高潮。

沿着大厅边缘，千沐慢慢朝后门走去，从那里出去应该是花园吧。

因为急切想离开的她不小心撞到端着酒杯的侍者，红酒的香味尾随着她的身体，像怎么也甩不掉的过去的零碎记忆。

慌乱的千沐，因为脚碰到椅子腿而感觉剧烈的疼痛……

他替她按摩伤处的样子；

他骗她假装休克的样子；

他站在门口，说晚安的样子……

这样的画面像影片里以 32X 回放的片段出现在千沐的脑海，她用手触碰了一下被伤到的地方，站起来向后面的花园走去。

在众人围拢的圆形空间里，旋转的浩森与敏妍正接受着所有惊羡的眼光。但在浩森眼中，他们的脸和他们身上衣服的颜色渐渐变成了纷乱不能分辨的线条，只有一张脸在眼前飞舞。

可它又是那么扑朔迷离、变幻莫测。

一会儿是敏妍，一会儿又变成了千沐，一会儿是浩音妈妈，一会儿又换成了妈妈。

浩森陡生害怕地停了下来，原本揽着敏妍的手也垂下来，木然地站在原地。

"怎么了？"敏妍关心地问。

"没什么，有些累而已。"说完，浩森便一个人走出包围的人群。

站在人群之外，透过透明的玻璃窗，浩森看见了花园里独自站立的千沐的背影。

浩森不知道，在这样的一种场合，自己应该怎样来面对与千沐的重逢。如果在离岛上的那个人才是真实的自己，那现在的这个人，就仅仅只是一个身处首尔的名字叫"浩森"的人而已了吧。

今天晚上，名叫浩森的人已经让她感到纷乱失措了吗？她为什么一个人站在花园？

心里的自己想要马上跑到她身后，向她说明这一切，可现实的浩森却站着不动，反问他：告诉她你不愿意扮演现实的角色，想和她一直待在离岛吗？她也许只是觉得里面太吵，到外面透透气，如此而已。

但是，至少，该问候一下吧，现实的浩森这样宽慰着失落的自己。

内心不停争执着的浩森终于鼓起勇气向后面的门口走去。

"浩森。"

爸爸在身后叫他。

就这样，一心想要去到花园里的自己突然被另外一种强制力量猛地拉了回来。

浩森站定，转身看见蔺光赫和另外一个瘦高有轻微谢顶的中年人站在一起。

"过来一下吧，这位还是在你进中学时期回来过的袁伯伯，你那时候还吵着要和他一起去美国……"

浩森心里轻轻叹口气，尽量收敛不情愿的情绪走到爸爸和袁叔叔面前。

千沐转身望了望大厅，只见背对着她的浩森和一位叔叔说着什么而笑了起来。她低头望着自己身上缎质的黑色裙子，心里酸酸的，往前面停车的地方走。

回到住的地方，肖允儿不在。千沐上楼，将身上这套不合时宜的衣服换下，偎在沙发一角发呆。

她想到在离岛浩森道别时的话——

"这里的日出很美，明天想去看的话，今天就要好好地休息。"

千沐站起来走到桌前，从下面拿出一个芒果色纸盒，里面放着她离开离岛时穿的衣服。

成敏设置的定时收音机里飘出 Sod Stewart 的声音：

"I don't want to talk about it,how you broke my heart……"

望着眼前的芒果色纸盒，离岛的点滴浮现在脑海。

忧伤的歌声正慢慢将千沐一路上努力坚持的勇气都软化掉，忧郁的、怅然的情绪一点点渗透进她的心里。

那个在离岛上偶然遇见的人，那个屈身低头为自己擦拭药水的人，是另外的一个人。

可是，已经隔开很远了。

他也该回到自己的生活中，过着完全不一样的生活了吧。

将脸轻轻地贴在衣服上，尽管皂水已经洗尽了上面残留的离岛的气息，千沐还是将这淡淡的清香气息与灯火辉煌中衣衫整洁的浩森联系在了一起。

[5]

"金教授早上好……"

"教授好……"

从教室出来的学生在经过金教授身边时，都很有礼貌地向他问候。

"教授好。"冠杰从后面走过来，在走到金教授身边时稍微慢了些，以便与他保持一致的步调。

"孔冠杰，这个暑假打算怎么度过？"

"也许教授有更加好的建议。"

"哦？那会是你希望的吗？"

"教授，人生中至少应该有一件事情是最重要的吧，还有其次重要和有些重要，然后才是应该要去做的……"

"唔，孔冠杰也有迷惘的时候啊，我还真没想到。"

冠杰停下所说的话，望了金教授一眼，正好也与金教授扭头望着他的眼神相对。

"去我的办公室吧，正好有事想和你说。"

在金教授办公室的沙发上坐下，看教授端着两杯水过来，冠杰连忙站起来从教授手中接过玻璃杯。两只手握着杯子，他揣摩着教授叫自己来的可能原因，等教授先说话。

"冠杰，想过以后吗？比如一年以后的计划之类的。"

"教授，才离开校园的人如果能够从事自己喜欢的工作就已经是很幸运的事情了。所以，我想先工作，多尝试一些，以后希望能有自己的动画工作室。"

"LCF 怎么样？"

"教授，我……"

"怎么了？只是问你，如果有机会一年后进 LCF，你是否愿意？"

"当然，在蔺光赫会长的公司工作，是很多人的梦想。"

"既然这样，这个暑假和我一起去曼多尔，当我的助手。"

"动画城？"

"全球最大的动漫艺术节，今年的大东家是 LCF。"

"曼多尔？可是教授，我……"

"以我的助理名义出席，有问题吗？"

"没问题。"冠杰笑了。

走出办公室，冠杰意识到是该要为动漫艺术节做一些准备才行。图书馆会是个不错的选择。去那里找些资料吧，给自己充充电也好。

冠杰吹着口哨，迈着欢快的步调走进图书馆的大门，管理员向他使了个警告的眼神。

冠杰抬头一看，图书馆内正在用功学习的同学们都在瞪着眼前这个破坏他们学习的坏家伙呢。

冠杰调皮地吐了吐舌头，向大家行了一个标准的军礼，以示抱歉，然后找了个阳光照射得到的位置安安静静地坐了下来。

阳光照着的南面窗户的影子斜斜地印在图书馆的座位上。冠杰俏皮的举动正好被坐在窗户下面的肖允儿尽收眼底。

"这家伙，还是老样子啊。"肖允儿露出一丝甜蜜的微笑，冲着冠杰坐着的方向望去。

"得给他留个纪念才行！"肖允儿的嘴角坏坏地扬起，拿出随身携带的铅笔，朝着冠杰的方向比画了几下，又快速低下头去在一张干净的白纸上画着什么。

冠杰拿起面前的书本，是法国人写的童话故事。翻开书，第一页写着这样的话：

时间在呆立的鸟儿那里与在水中追逐的鱼儿那里是一样的吗？

对大路旁的流浪汉与战场的士兵而言，时间是什么？

冠杰望着窗外树叶映在书上的影子，看它以无声无迹的脚步走过书中的一行行字迹。时间对它们来说，应该都是弥足珍贵的吧。所以它们才会在这一刻尽情释放着自己的美丽，不放过任何一次展示自己的机会。

一片小小的树叶都懂得尽情地展示自己的美丽，何况是人呢。

等着吧，动漫艺术节！等着我孔冠杰大展拳脚的时候吧。

冠杰正沉浸在自己快乐的遐想中，肖允儿已经完成了画稿的最后工作。她满意地看着手中的作品，开始收拾桌面上的东西。

树叶的倒影消失不见，取而代之的是一抹纤细的身影。冠杰疑惑地抬起头，看见了站在桌前的肖允儿。

"这个，送给你！"肖允儿将手中刚完成的画稿放在冠杰的桌上，带着窃笑转身向图书馆的大门走去。

冠杰皱了皱眉，疑惑地拿起桌上的画稿。画稿上，是一幅自己的卡通肖像，调皮地做着可爱的鬼脸。

"臭丫头，画的是什么呢？"冠杰一边开心地叫，一边赶紧收拾好东西追了出去。没想到，他才跑出不到两步就被管理员抓住，狠狠地教训了一顿。

冠杰只能看着肖允儿得意地扮着鬼脸蹦蹦跳跳地走远了。

二十分钟后冠杰提着书从图书馆出来，沿街往住所走，经过 24 小时便利店。

可能是周日，超市门口很多人。想着上次买的速食面早已经吃完了，冠杰想应该再顺路带回去一些，便走进超市。

广播里的音乐在热闹着购物气氛。

"这是每周日上午和大家见面的'仍然老地方'，第一首歌的时间我们要提到一个叫闵雅菇的女孩，因为遭遇家人反对的感情，所以写来信，想给他一些鼓励。想现在就告诉他：她会坚持到所有人都承认为止。广播那边的你，是否也渴望得到爱人的拥抱，看到恋人的幸福笑脸呢？现在的你到现在是不是仍然有一段未被提及的心情？请给我们寄来书信邮件或打来电话，'仍然老地方'有人在等。"

哎，现在还有人用这样的东西吗？还真是……

冠杰一边听一边在心里笑着电台里这种没有创意的方式。

他将每一种口味的面都拿了两盒，推着购物车到前面的付款处。

"La Vie en Rose……"

念白似的法语突然让他心里微微地颤了颤，Cyndi Lauper沙哑的声音让冠杰想到了另外一个人。

无意识地抬眼看了看外面，天气不错，外面好像围了很多人。

不知道为什么，心里突然沉沉的，怎么也开心不起来了。

[6]

人越来越多，外面好像发生了什么事情。

"化妆品小姐怎么能是这样的态度！"一个小混混样的年轻人站在大街上指着穿促销服的女学生大声吼，女学生因为害怕而哭了起来。

街上的路人听到女孩的哭声，都停下了脚步，好奇地向女孩所在的地方张望着。

"出什么事情了？"

"小姑娘真是可怜！"

"这个年轻人太过分了，他这么凶狠的样子，真吓人！"

路过的人都议论纷纷，可能是因为那个年轻人凶狠的样子，没有一个人上去帮帮这个可怜的化妆品小姐。

"简直太过分了！"人群中的千沐愤愤不平地冲了出来，将哭着的女孩拉到身后，站到两个人的中间冲年轻人大声说，"你！向她道歉！"

年轻人看到千沐，嬉皮笑脸地说："看来……你化妆品的效果还是不错……什么牌子？给哥哥我也说说。"说着一把抓住千沐的手。

千沐使劲挣脱，但仍被他抓得牢牢的。一气之下，觉得恶心的千沐用另一只手给了那家伙一个响亮的耳光，引得围观的人哄笑起来。

被打了的那家伙恼羞成怒，举起手要打千沐。

冠杰的目光越过人群，看到站在那里的千沐之后，连收银员找回的零钱和柜台上的钱包都来不及收好，便提着速食面冲了出去。

"先生，你的钱……"

正要将手掌扇向千沐的家伙，脸上又突然重重地挨了一巴掌。

冠杰一把抓住年轻男子胸前的衣服，将他反扭住站在千沐面前，喝道："现在向她道歉！"

那家伙用眼睛恶狠狠地瞪着冠杰和千沐，死不开口。

"我再说一次，快向她道歉！"

"向她道歉？你先看清楚我是谁！"那家伙居然冷笑了起来。

看到他的嘴脸，冠杰气得将早已捏紧的拳头对准那家伙左边脸，扎扎实实就是一下。

像是突然爆发的火山，那家伙一下子甩开冠杰的手，用手擦了擦自己的嘴角，看到留在手上的血迹，便疯了似的抱住冠杰。

"你敢打人？"

"打了，怎么样？"

两个人在地上扭打成一团。先是冠杰骑在那家伙背上给了他脸上一下，千沐在一旁看着不知该怎么办。看到冠杰被那家伙压在身下，她急坏了，拿起旁边化妆柜上的一瓶啫喱水样品对准那家伙的脸便用力喷。

又凉又粘的液体弄了一脸，眼睛里面也火辣辣作痛，那家伙慌乱之下便只顾着用手捂脸。

冠杰顺势将他推倒在地，爬起来抓住千沐的手便跑。

奔跑，自由地飞。

两个人跟着人群进了公园。

两棵柳树将长长的枝条垂进湖里，风轻轻摇动它的时候，枝条在湖面上划出一圈圈细小的波晕。

"坐一会儿吧。"

两个人慢慢停下来时，冠杰用手撑住膝盖，喘着气说话，一屁股坐在了湖边的草地上。

"你是来买东西的吗？"冠杰笑着问。

"不是，我是路过，看不惯那个坏蛋欺负人。"

"真看不出来，你很勇敢啊。"

"什么？"千沐不知道冠杰指的是什么。

"刚刚给那个家伙狠狠一巴掌，又跑这么远……"冠杰说着笑了起来。

"平时睡觉太晚都不敢关灯的人，怎么说都和勇敢二字相差很远吧。是胆小，很胆小。"千沐望着刚落在湖面上的叶子正顺着风原地打转，笑着点头强调。

"怕黑只是生理上的感觉，胆小却是心理上的反应，不一样的。"冠杰解释。

"每年，在自己生日的时候留下照片，将它们放在一起按时间排列好，一定可以看见时间的影子吧。"千沐突然说到这个，让坐在一旁的冠杰扭头怔怔地望着她。

"怎么了？"冠杰十分好奇。

"想有一架相机，记下自己是怎么一年一年，一点一点地变老的，记下那个让自己牵挂，不想忘记的人……"千沐的声音好小，冠杰几乎没有听到她后面说的话。

千沐此时想到的是浩森。那个人现在正在做什么？像那种家庭里的孩子，可能要出去度假的吧。

这个时候想到他，千沐的脑海里满是自怨，从那天到现在已经过去不短的时间，为什么还想起呢？因为没有归还的衣服吗？

她甩了甩脑袋不去想那些事情，便故意大声地问身边的冠杰："学长，你会那样做吗？"

"什么？"

"生日的时候替自己拍下照片啊。"

"好像是很简单的事情，可许多人应该都坚持不下去吧。我常常来这个湖边，心情不好的时候，觉得迷惘的时候，每次看到它的表情就觉得平静了许多，好像只有它能理解我。可即使这样，也不能每天去做，因为……总觉得有什么阻碍着自己……"

"湖？那它现在是什么表情？"

"你可以试着看它的样子。你看那边的草丛，今天早晨一定和一群野鸭嬉闹过，落叶也很悠闲，柳树的枝条并不是静止的，它们一定在谈论我们。"

"谈论我们？"

"是啊。柳树说：'他们才不像那些顽皮的孩子，一来就折腾着扯我的头发，恨不得看到我变成秃子。'湖就说：'是啊，看上去很安静的样子，到底在说些什么呢？哎呀，听起来真费劲呀。'"

千沐看着冠杰认真地换角色说话的样子，忍不住捂着肚子笑了起来。

"你是话剧社的吗？"千沐好奇地问。

"哦，看起来是不是特别专业？看来即使以后找不到合适的工作，也不至于挨饿啊。"看到自己的话把她逗笑了，冠杰才开心畅快地大声笑起来。

两个人的笑声一定感染了湖，湖面上漾起了一层浅浅的波晕。

千沐清脆甜美的笑声渐渐收住，一会儿，望着湖面发起呆来。

"是不是还在想刚才的事情？"冠杰边说着边调整了一下坐姿，侧过脸看着千沐，有些担心的样子。

"唔，是啊，不知道什么时候才能有自己的相机呢？"千沐轻轻地摇了摇头。

轻轻送过来的风在湖面上留下浅浅的痕迹，但只是一瞬，这温柔的足迹便又被风自己的翅膀擦去。

"学长，你喜欢摄影吗？"千沐突然问道。

"有时候要查阅各种环境资料，所以平时会简单地拍摄一些用于功课中。千沐你很喜欢吧，所以才想到要买相机？"冠杰用一只手臂支撑着身体，拨弄着手中的草尖。

"哦，对了，你的手机，拿过来一下。"千沐说着将手伸到冠杰面前。

"手机？"冠杰一边望着千沐，一边从口袋里掏出手机放在她手上。

千沐将肖允儿家的电话还有自己的邮件地址全都存进冠杰的手机里后，又将电话塞进他的手中，然后郑重地对他说："如果成为朋友，就应该知道对方的联络方式。"

冠杰抚弄着手机外壳，过了一会儿抬起头问："那把你的也拿来一下。"

"去离岛时丢了，还没换新的呢。"千沐随口说着便先站了起来。

"……"冠杰想将自己的手机放进她手里，告诉她"你先用着吧"，却不知怎样开口才好，便沉默地昂起脸望着眼前的千沐。

接近中午的天色很蓝，树底下的这两个人就像海底某个角落单独生长的珊瑚丛。

云像列队航行的巨舰从蓝色海上驶过。

"我先走了，刚才……谢谢你。有时间打电话，下次介绍你认识我的好朋友。"

千沐一边往公园出口处走，一边将手放在耳边做出打电话的样子。

冠杰望着湖面，不再说话。

2016年6月28日。

像蓝色水晶一样透明的天气。

和她第一次牵手。

坐在柳树下面，冠杰将心里的话说给湖水和路过的风听，像写进湖中的日记。

[7]

"狮子座是夏天夜空中偏南的星座，象征天才与未来，守护神是Uranus。因此，狮子座的人富有冒险精神、聪明、理性，会不断追求新的事物与新的生活方式……"

在ILL MORE二楼事先预定好的地方，大家围坐一起，自称是星座专家的双双正在高谈狮子座的特点。

双双端起自己面前的水喝了一口，继续说道："如果遇见属于自己的真正爱情, 狮子座是个执着的家伙, 绝不会放弃, 而且他的霸道与专横甚至会为自己赢得爱情……"

她将目光投向敏妍, 诡异地笑着说: "敏妍, 你有福啦。"

坐在长条形桌一端的敏妍听了, 只是低头笑笑, 并不说话。

"知道吗? 狮子座的人很敏感, 他们与冬天出生的魔羯座可是天生的一对哦……"

"什么? 魔羯? 双双!"

依然情绪高涨的双双一直就没停, 可话一出口, 双双便意识到了属水瓶座的敏妍, 捂住了嘴巴不再说话。

"怎么还不来?" 敏妍望着楼下门口的方向, 装着若无其事地看了一下手机上的时间, 便站起来离开了座位。

望着敏妍的背影, 大家面面相觑, 接着都将责备的眼光砸向双双。

"你又闯祸了。" 身边的一个女孩推了一下双双的手臂。

"祸从口出, 我早跟你说过。" 双双身边的羽田瞪了她一眼。

"是谁先给敏妍打电话提议的? 唉, 还不如回到以前, 他们之间现在都很奇怪了。"

"什么奇怪的? 他们会结婚的, 难道你没看到报纸上说的吗?"

"结婚有什么用? 那小子现在像炸药包, 谁都别想靠近。"

"······"

"你们有完没完？"双双突然冒出一句，大家都闭上了嘴愤怒地看向她。

看到自己再一次成为大家眼中的敌人，双双赶忙又拿起面前的水杯，一阵猛喝，但水早没了，她留下一句"对不起，方便一下"，便溜之大吉。

这时不知是谁看到楼下进来的人，连忙小声喊起来："快！快！他来了，他来了。"

大家将灯熄掉，各自躲了起来。

走到楼上的浩森什么也没有看到，他一边拿出电话准备拨，一边自言自语："二楼不营业吗？灯都不开。羽田这小子搞什么！"

昏暗的角落里闪现出手机上的幽蓝光芒，接着，那蓝光跟着摆动的手臂晃动起来，形成光束，先是看到了"浩"字，接着是"森"字，然后陆续出来"生""日""快""乐"的字样。

他站在那里，内心不觉一震。

突然，亮起一束柔和的光，照在浩森身上。

大家拿着道具——手机，一齐唱着"祝你生日快乐"，从暗处围拢过来。

浩森不自然地说："你们这些无聊的家伙。"

"感动吧？！谢谢敏妍吧，是她叫大家一起过来的。"

大伙说着将生日礼物送上来。

"敏妍？"浩森觉得意外。

"是啊。"

"敏妍！敏妍！"双双已经叫开了，"她好像在后面的阳台上，我去叫她。"

"她也在？"

"当然！这可是她准备了很久的呢。"

"准备了很久吗……"

这样的敏妍，虽然没有爱的感觉，平静自然地相处也一定会是很不错的朋友吧。至少，他自己以后说话不要那么尖刻伤人了。

想到这里的浩森，不禁觉得愧疚起来。

他将抱着的礼物放到一旁的沙发上，随即坐了下来：

"既然这样，你们就开心地玩吧，由我付账。"

"臭小子，难不成你还指望我们买单？今天我们要努力将你卡上的位数减少到零，已经商量好的，你们说对不对？"以前最顽皮的男生顶着一脑袋金色头发大声嚷道。

"没问题！"

"敏妍不见了呢。奇怪，刚刚还在的……"双双跑进来说。

"机会来了，浩森。该是你出马的时候了……"

"嗯?"浩森莫名其妙地看着面前的朋友们。

双双拿出电话开始拨敏妍的手机号码,电话那边好像有人等电话似的,很快就有人接听了。

"你好,哪一位?"

双双一听是敏妍的声音,赶忙将电话丢给了浩森:"是敏妍,快跟她说啊。"

他拿着电话不说话。

"请问是哪一位?"敏妍在电话里问。

"哦,我……浩森,你过来吧……他们都在,都叫你过来这边……"

"我就不过来了,生日快乐。"听到浩森说是大家叫自己去,敏妍失落地挂了电话。

浩森听到那边传来的挂线音,将电话给了双双。

"怎么样?来吗?"

"不来了。"

"她那么快接电话,一定是在等你打过去,你要说是你希望她来。好了,再打。"

"算了。"

"臭小子,你以前追隔壁班女生时,可以在人家教室前面唱那么丢脸的歌,现在连打电话都不敢?"

"刚刚不是打了吗?她自己说不来的。"

"她为了准备今天晚上的派对，预订地方，准备礼物，她怎么可能不想来呢？真是的，你就不能温柔点？你有点人性好不好？"

礼物？

浩森抬眼看到幕墙前面有一个袋子，他走过去把里面的东西拿出来，看见盒子上印着天使翅膀标志的"M"，便知道是自己喜欢的 MORINAGA 的糖果。

拆开盒口，取出里面的小铁皮筒，亮黄的，是童年的底色；上面铺满一粒粒彩色糖果，是缤纷难忘的记忆。

这就是敏妍的想法吧。

浩森拿出电话，将刚才的号码重拨过去，过了一会儿，听到敏妍的声音。

他对着电话的声音像变了个人似的："敏妍，每年的今天不都有你在身边吗？过来这里吧。"

挂上电话转身，看见背后的双双他们全都看着自己，浩森看着手中的糖果，对着门口喊道："服务员！啤酒！"

[8]

千沐看看墙上的时间，已经过七点半。她换好衣服下楼，准备去打T的 I.I. MORE 酒吧。

"你今天别去吧，我打电话替你请假吧。这几天你的脸色一直就不好。"望着面色不佳的千沐，肖允儿担心地说。

　　"不行，今天有一个生日派对。"

　　"以前有生日派对，不都提前回家的吗？"肖允儿走到千沐面前，态度很坚持。

　　"也许，又是很特别的客人吧。"

　　"要一起去吗？"

　　"没事，有事他们会往家里打电话的。下午睡得太久了。"

　　到酒吧的时候，离八点还差一点儿，千沐就在后面的休息间坐着。

　　整整一下午的时间，她觉得自己迷迷糊糊似睡似醒，好像一直在看一部很长的影片，电影里的人是她自己，还有一个人不停地出现，好像是浩森——

　　他们在离岛的海边守候着黑脸琵鹭，海面上吹来的微风让一切看上去都是那么美丽。"沙沙"的声响在耳边回响，她依偎在他温暖的怀抱中，是多么温暖，多么安详，仿佛世界就在那一刻停止了运转。

　　一个巨浪袭来，琵鹭惊叫着四散开去，慌乱地冲向未知的远方，消散在暮色苍穹之中。冰冷的海水顷刻将自己紧紧地包围，似乎要将自己吞噬在深蓝色的深渊。

　　惊慌、惶恐、不安……无助的自己伸出手臂，向海边的身影求救。

没有焦虑，没有关怀，迷离中，只有一种冷漠的眼神射向自己，不带任何感情，没有一丝温柔。

"为什么？这究竟是为什么？"她挣扎着，追问海边模糊的影子。

听到自己的声音，影子颓然跌坐在海边，"你知道吗？你们的距离你知道吗？没有资格做选择的人，应该不要再奢望……况且他的旁边还有一个那么相称的……未婚妻……"

突然衣着光鲜的他，还有和他一起旋转在舞池里的人……又再一次地出现在了千沐的面前，他们在她的面前不停地舞着……舞着……

"不要！不要……"千沐抱着头，蹲下呜呜呜地大哭了起来。

"千沐！千沐！"

一阵急促的呼唤声在千沐的耳边响起，难道是他？！千沐猛地一惊，抬起头，才发现自己是在做梦。

这时，一个嘴唇被涂得很厚的家伙突然出现在她面前，让她惊了一下。再仔细一看，是裴谨那只经常换妆的 SD 人偶娃娃。

"千沐你干吗哭呀？"

"没什么，梦见妈妈了，有点儿想她了。"

"是不是今天晚上又吃速食面了？所以想到妈妈做的好吃的菜了啊，没关系，让裴谨哥请你吃饭！"

听到是裴谨平时主持节目时的声音，看到人偶娃娃手舞足蹈的滑稽模样，千沐忍不住低头笑了。

"笑了笑了，裴谨快看，姐姐笑了。说吧，什么时候去？"

"今天，哦。太好了，太好了……"SD娃娃闹腾着倒在千沐肩头。

看到千沐的笑脸，裴谨从后面蹿出来，叽叽喳喳继续说起来："千沐，利川路那边新开了一家料理店，大家去过一次，说味道很不错，下次我们一起去吧。"

千沐笑着，不说话。

裴谨见她不答应，便又躲到她身后，将人偶娃娃举起来。

"去吧去吧，就你和裴谨哥哥没去过那里了哦。"人偶娃娃一边说一边用小手扯着千沐的胳膊。

望着人偶娃娃可爱的样子，千沐忘记刚刚自己还那么沉重的心情，温和地笑着对娃娃说："好的，我答应了，不过你要对裴谨说，时间由我决定。"

"好的好的！"娃娃一边说一边摆着手往通往外面的门口退去，在门口转身的时候用尖细的声音对千沐说"谢谢"。

门被关了，突然又被打开，裴谨伸了个脑袋进来，冲仍坐在那里带着笑意的千沐说："由你来决定，不管什么时候，我都可以等。"说完就消失了。

望着裴谨那双即使离开校园还是稚气未脱的大眼睛，千沐觉得自己以前更加快乐，也许像裴谨一样快乐吧。

她站到休息室巨大的镜子面前，望着里面的自己。

这种变化是从什么时候开始的？从离岛回来以后吗？她不确定。

酒吧经理走进来，摩挲着手掌站在千沐面前，千沐抬头便看到他一脸想要拜托的样子。

"什么事？经理。"

"千沐，对不起，你已经很辛苦了。可……我该怎么说？"

"是不是又要延长演奏时间？"

"哦，不是，是别的……"

"那是什么事啊？"

休息室外面已经很热闹了，千沐看见正举着人偶娃娃表演的裴谨。

"晚上好！大家一定都在等 ILL MORE 庆生使者出现吧。不过，先别着急。派对最高潮时，按照惯例，寿星许愿之后，酒吧会送上客人想听的歌曲。所以，我待会儿出现的时候大家都要准备好掌声……"

千沐对着镜子深深吸气，站起来准备出去。

"千沐，乐队主唱突然来电话说赶不回来了……"经理慌慌张张跑进来对她说。

"那就用演奏代替好了。"

"可今天有客人庆生，很早就预订了歌曲……"

"经理！你每次都这样，我该怎么办？钢琴会唱歌不错，可它没有安装人声装置，何况还是主唱的！"

"千沐，只能拜托你了。"

"我会多弹半小时。"

"韩小姐特别嘱托一定要唱的歌……由你唱一定行，你刚来应试的时候唱得就很好，加油，拜托了！"经理说着将节目单放在千沐手中，转身就走了。

"经理！你越来越过分……"千沐将手中的节目单扔到桌上。

"现在，我要在这里介绍今天的寿星蔺浩森先生……还要谢谢 ILL MORE 最优秀的琴师——千沐小姐。"

外面的裴谨说着向门口投来鼓励的目光，准备走到外面的千沐转身拿过桌上的纸团，走到钢琴前面坐下。

亮起的追光打到楼上的时候，一伙人正在喝酒，闹成了一团。只有双双听到了主持人的声音，她站起来对大伙说："仪式要开始了，别吵啦。"大家这才安静下来坐好。

"敏妍怎么还没到？"

"浩森，怎么回事，这么久还没到？会不会……"

"呸呸，你少多嘴啦。"双双连忙将话截住，不管那家伙想继续说什么，应该都不是什么好事。

"没事，一切按照原计划进行，我们也要在这里留很久。"双双提议道。

三层的白巧克力蛋糕上面，依次插着16根、6根及1根蜡烛，望着分三层插的蜡烛，浩森在想着怎么吹灭的时候，双双拉了拉浩森的衣角，做着鬼脸说："等会儿你只要吹一下就好。"

灯关了，浩森将脸凑近蛋糕，只轻轻吹了一口气，蜡烛便一齐全灭了。

"谁帮忙了，说！谁是叛徒？是谁？"大家纷纷将目光移向双双。

双双见势忙躲到了浩森身后，说："浩森哥，以前可就我一个人没有叫你'云雀'……"

"可你一直管他叫'大叔'。"

"大叔？"浩森转身盯着双双。

双双连忙解释道："他们污蔑我，大叔，我……去看敏妍来了没有。"说完，跑到了楼下。

望着双双跑下去的背影，浩森转身拿起酒杯笑着喝下去，说："双双真像颗开心糖果，当时怎么没发现呢？"

听到浩森的话，一旁的羽田终于忍不住站了起来，冲浩森及在座的人大声说："我喜欢双双，她可是我的糖果。"

大家哄堂大笑，都说："羽田，你这么认真，双双她知道吗？"

"臭小子，那得加油啊，小心你速度太慢，双双她真喜欢上别人了。"浩森拍着隆再的肩膀鼓励。

"不知道，不过，我会告诉她的。"自信满满的羽田拿起桌上的雪利酒喝下满满一支。

见羽田的样子，大家突然都没了话，沉默下来。

过了一会儿，不知道谁冒出一句："羽田，表白吧，就今天晚上，现在！"

一时间大家都没再说话，沉默地喝起酒来，而楼下的歌声很清晰地传过来——

Till the end of time,

long as stars are in the blue,

long as there's a spring, a bird to sing,

I'll go on loving you.

till the end of time,

long as roses bloom in may,

My love for you will grow deeper,

With every passing day.

till the wells run dry,

And each mountain disappears,

I'll be there for you, to care for you,

Through laughter and through tears.

So, take my heart in sweet surrender,

And tenderly say that I'm,

The one you love and live for,

till the end of time.

浩森喝了口啤酒，扭头望下面的时候，坐在钢琴前面的千沐正被柔和透明而幽蓝的光裹着，她望着门口唱着 Perry Comod 的 *Till The End Of Time*，像是在等待久久未归的人回来。

看到千沐的那一刻，浩森长长地叹了口气。

在这个地方，这个日子，谁也没有听到、更不会想到有这样沉闷的一声，像一直紧绷的橡皮绳抵达极限终于断开，像深夜时的潮水通过突然决裂的堤口，无声汹涌地蔓延。

原本以为自己能够忽略掉的念头，还有那些连自己也无法确定的复杂感受，都被这婉转而惆怅的音律牵扯到要害而全盘涌出。

他觉得自己被击中了一般，只是，因为失去重心而倒下的过程在个人的感受里被无限放慢、延长。

这到底是怎么了？一切都不能掌握的感觉是第一次啊。

想要接近她的念头在脑海里疯狂地响应着，一点点吞噬原本坚硬的心。一口气喝完手中的酒，浩森低下头来，将自己埋身在色彩相互交织的斑斓里，内心却仿佛只身淌进浩瀚的九月深海，充满了被俘虏的恐惧。

[9]

人生常有一些意外发生，却不一定是因为错觉。

当最后一个琴音落下以后，千沐从座位上站起来微微行礼时，有人已经在下面的座位上起哄地叫嚷："唱一首《甜蜜Honey》怎么样？"

"乐队主唱今天有事，没有能为大家唱歌，实在是有些抱歉……"

看到客人的气氛过于热烈，裴谨的SD人偶娃娃马上出来打圆场。

"我们不要什么主唱，要听她唱。"

刚刚叫嚷的那个年轻人从座位的沙发上站到了桌子上，看来是喝多了。

"对不起，先生，今天的歌是为庆生的客人而准备的，我会继续为您演奏钢琴。"千沐很有礼貌地补充道。

"为庆生的人……唱？不为……我唱吗？"

"对不起，先生，刚才的歌也是送给您的……谢谢您光临 ILL MORE 酒吧。"

"不行，那首歌……不算，我要听《甜蜜 Honey》，你……来唱，不……我们一起唱。"

"对不起，我只是钢琴演奏师，并不是歌手。您还是下次来听主唱唱吧。"

"我要……和你一起唱，快来吧。"这个喝醉酒的家伙边说边伸手暧昧地拽着千沐的手往前面走。

被拖着手臂的千沐觉得自己的胳膊一阵酸痛，连说着"放开我，放开我"，但这个家伙全然不顾，还变本加厉地将手臂揽到了千沐的肩上。

裴谨气得扔掉 SD 娃娃，要上来揍那家伙，却被经理死死拦住了。

"只是唱一首歌而已，那可是重要的客人。"

"经理！你……"裴谨甩开经理的手，正准备一个健步冲过去，却看见——

一只手抓住了醉酒的家伙，很快将他从千沐身边扯开，接着，另一只手稳稳地将千沐揽在了自己的怀里。

"啊，真帅啊！"一众女人集体倾倒。

裴谨站在了原地，出现在千沐身边保护她的男人比自己要高出整整一个头。

他是谁？红色贴身衬衣，深色长裤，具有完美高度的身材，让受他亲近的人全遭到妒忌也不足为怪。

千沐抬头望着眼前的浩森，惊呆了。但只是几秒，她便意识到众目睽睽之下自己的尴尬，试着用力挣脱他的怀抱。

他的手更加用力地搂紧，好像她是有人会来夺走的宝物。

"自己回去醒酒了再来！"浩森另一只手一甩，那个家伙便摔到了地上。

醉酒的家伙这一摔，后面的座位上突然站起来好几个人，全部围了过来，将浩森和千沐圈在了中间。

"臭小子，你知道自己刚才做了什么吗？竟敢将我摔到地上？"醉酒的家伙从地上爬起来，好像一下子清醒了，虎视眈眈地向浩森前面冲过来，浩森本能地将千沐挡在了自己身后。

"还有她，我说要她陪我唱歌，她就得陪我唱，你最好给我让开。"

"让开？"浩森冷笑着反问，随手拖了身边的一张凳子按着千沐的肩让她坐了下来，自己则一脸悠闲靠在椅背上，道："要是不让呢？该怎么办啊？"

"你……"那家伙伸出手来想揪浩森胸前的衣服，被浩森用手抓住甩开。

这时，这家伙身后的三五人一拥而上，醉酒的家伙则自

浩森，我等你从早晨到黄昏

己过来抓千沐的手，浩淼狠狠地给了他一个拳头，他摸了摸自己的下巴，发现上面有血。

"血？！你们愣着干什么？"

整个酒吧的一楼乱作一团，楼上的人还在喝酒玩得正兴。

当双双看见正带着千沐冲出重围的浩淼，吓得尖叫起来。大伙这才看到楼下正忙着闪躲、出拳、踢腿的浩淼，纷纷往楼下跑。

为了女孩子打架，早已不是第一次，可牵着女孩子的手打架，这是浩淼的第一次。他一直就觉得打架是很个人的行为，即使是为了别的人，也都由自己来决定进退攻守。

现在，她有种将自己的灵魂交付出去的感觉，而他这里，也存在着她的灵魂。

这种意识是刚刚才有的吗？她几乎不能确定。或许，更早吧。

当她趴在他的背上躲开狼的吼声，她的灵魂就已经沾染着属于浩淼的气息，所以才会接连不断地遇见。

因为，相遇本来就是两个灵魂的感应交换。

牵着她手的手，一直没有松开。浩淼带着她跑到酒吧外面，那伙家伙也追了出来。

浩淼将千沐送进车里，立刻跑回驾驶室启动了车子。

赶到酒吧前正从车里出来的敏妍并没有看到千沐的脸，只见浩森带着一个女孩匆忙离开的背影。

"你怎么才来？"大家都跑到酒吧门口，双双问站在那里望着他们离开的方向发呆的敏妍。

"那个人是谁？"敏妍问。

"谁？"双双一脸的疑问。

"那个女孩……"

"哦，不认识，好像在哪里见过似的……记不起来了。"

"啊，浩森的女人……喂，你们说，与他衣橱里的衣服相比，哪个更多？"中间金色头发的男生问道。

"臭小子，净说风凉话，找死啊？"金发的头上挨了一下。

"现在怎么办？买单的人已经走了。"

"臭小子，不说话没有人当你是哑巴。"又是一下。

"我预订的时候已经付账了。"敏妍失落地慢慢说道。

[10]

"其实，我会唱《甜蜜 Honey》……"千沐坐在前面驾驶座的旁边，为刚才的事情既难过又自责。

"唔……那现在唱吧，我正好很想听。"浩森的语气平静随意。

浩森，我等你从早晨到黄昏

/
115
/

听他那平静的语气，她意外地看了他一眼。而他正专注地开着车。

"你……不害怕吗？"千沐斜着眼睛看了浩森一眼。

"《甜蜜Honey》……是首不错的情歌吧？"浩森转过头来，冲千沐孩子气地笑笑。

看着浩森身后被弄脏的衣服，还有嘴角擦破的伤，千沐还是觉得打架导致的后果很严重，语气便带着焦急："怎么办？你……嘴角都流血了……"

都是因为自己，他才会打架的，千沐心里深深自责起来。

"唉，那些家伙又打不到重点，真是的……肚子好饿，去吃点儿东西吧。"

一脸什么事也没有的浩森想着，如果现在去吃东西的话，至少可以继续在一起多待一个小时吧。

这样想着，他偷偷看了她一眼。

今天她穿了件短短的颜色亮黄的衣服，啡色裤加短靴，和自己的衣服在一起，真是很合拍的一种搭配啊。

"你经常打架吗？"千沐问他的话有些小心翼翼。

"你觉得呢？"他又笑了。这应该是妈妈离开他以后第一个完全没有阴影的笑脸吧，像一个意外的早晨突然被阳光唤醒来的花，虽然同伴们早已追赶季节的脚步去了，它还是不急不慢地享受起来。

车子在一家装潢整洁的料理店前停了下来，千沐跟在浩森身后进去。

穿传统服饰的人几乎都认识他，将他们引到里面一处安静的隔间。

两个人在矮矮的长条形木桌两边对坐，被切成小块的肉在铁板上哧哧哧地响，浩森拿起筷子将肉块全翻了过来，哧哧哧的声音更大了。

他将一小块两面都煎烤得差不多的肉放进千沐面前的碗碟，然后自己夹一块放进嘴里，嚼了起来。

"原来这辆车真的是他的呀！"千沐望着窗外的红色奔驰喃喃地说。不过，马上她又想到了那双女人的手，心情一下子低沉了很多。

"你一个人嘀咕什么呢？"浩森看见千沐脸上的表情千变万化，于是关切地问。

千沐轻轻地摇了摇头，收回了刚刚的失神。

"据说，和一个人面对面坐着沉默地吃东西，已经是一种心意的交换了。"

浩森像是自言自语似的说着，像对待一个相处多年的人。

"你说话的口气像个大叔似的。"千沐看着他，夹起碗碟中的肉块放进口中。

"大叔？嘿嘿，那好，现在大叔想听那个……'甜甜

Honey'，唱吧。"

"是甜蜜，《甜蜜 Honey》。"

"好，那唱吧。"

"不行。"

"为什么？"

"现在……不合适的……那是唱给……"

"我说合适，唱吧。"

"……"

连灵魂都交换了的人，还不能唱吗？浩森心里早已经这样想。

他回想到刚才牵着千沐的手逃跑的情形，他紧紧地抓着那只手，片刻都不敢放松，只怕自己一转身看到她不在自己身边，担心她会处于危险当中，心里从未有过的害怕。

按理说，那三五个人真正一起上，也不会是他的对手，他的字典里也从未有过逃跑的字眼。

my last night here for you?

samg old songs,just once more.

my last night here with you?

maybe yes,maybe no.

千沐望着窗外，有些断断续续地轻轻哼唱。浩森看着她的侧面，呆呆的样子就如同雕像。

那脸颊是温热的吗？还是带着冷气房间的干燥凉意？眼睛好像在说些什么？是在说离岛上那两个与现世无关的人吗？她亮黄色外套的衣领，可能是因为刚刚和他一起跑的时候翻了过去，露出里面的锁线边。

浩森一动也不动地看着，将目光停留在她脸上的每一个地方。

想将那衣领再顺过来的浩森，将手伸过去。

正望着窗外哼着歌的千沐，像触电似的缩了一下，但这个细微的小动作让她将目光从窗外拿开，放在了眼前的这个人身上。

Eyes on me? 这歌的名字不是这样说的吗？

是的，只要注视我就好了。

他的眼神这样告诉她：这是我的本意啊。

四目相对的两个人有一瞬间都呆坐在那儿。千沐觉得那眼神像两个深深的漩涡，自己就快要被吸卷进去了。

"你的衣领……"浩森一边探身在桌子一端坐下，一边将反翻过来的领角顺好。

千沐感觉自己心里重重的压迫感终于消失，放松下来，她一边抬手自己去弄衣领，一边调整刚才使自己紧张起来的坐姿。

突然，在千沐毫无心理准备的时候，她的双唇被柔软包围，首先是凉，但接触后立刻上升到燃烧的温度，还带着真露的香甜。

那一瞬间，千沐的心脏在毫无设防时仿佛忽然穿过百万伏电流，觉得脑海里嗡地响了一下后全成了空白，就像突然受到外力变速运转的机器，让心跳急匆匆到了咽喉那里。眼前黑了一下，原本就没坐好的她往后倒去……

浩森伸出手搂着她，扶着她的肩往后一起靠在被刷成原色的壁橱门上。

只是1.5秒，可全都乱了。

千沐能感受到全身的血液全都往一个地方涌，她挣脱着退坐到窗子边，因为没能平静下来而喘息着望着眼前的浩森。

在意识里确认门所在的位置后，千沐站起来以最快的速度对着门口冲出去。

正好送蔬菜料理进来的料理店员被她撞到，盘中的东西撞散了一地。

千沐停下来望着地上的食物，店员站在那里一脸愕然，连忙说着："对不起，对不起……"

浩森背对着门坐，他能感觉千沐的目光落在自己身上。

对自己这样的举动，她的心里在想什么？讨厌吗？哪怕心里隐秘的地方一丝丝情愿也好，不是反感就好……

噔噔噔的声音，千沐已经跑下楼去了，战战兢兢的店员依然站在那里。

"没事，就当你送过来了。"浩森向后抬了抬手暗示"走吧"，店员将门拉拢后离开。

浩森将一整瓶真露哗哗哗全灌进肚里，将钱放在桌上后，一口气跑下楼冲到了街上。

他焦急喘息着在街头张望，希望能够看到没有离开依然等在那里的千沐。

可是，城市的身上涂满了彩色的光影，一切都是陌生的。

浩森将自己扔进车里，让它带着躯壳没有目的地游荡，借着酒意回想料理店短暂的瞬间。

她……

是第一次吧。

她慌乱的眼神猛烈撞击着浩森的心房，因为觉得全身无力而将车停在了路边。靠着座位仰躺下去，即使闭上眼睛，脑海里也是她的身影，如果还有未被填充的地方，却全是空白。

一声沉闷而粗重的呼吸。

无尽的慌乱。

· I WAIT FOR YOU ·
· FROM MORNING TO EVENING ·

遇见她
就像萤火虫遇到星光
美好似乎慢慢靠近

· I WAIT FOR YOU ·
· FROM MORNING TO EVENING ·

遇见她
就像萤火虫遇到星光
美好似乎慢慢靠近

· I WAIT FOR YOU ·
· FROM MORNING TO EVENING ·

遇见她
就像萤火虫遇到星光
美好似乎慢慢靠近

第三幕

人们为什么会在点燃篝火的时候围坐在一起?
因为火的亮光可以让时间停止。那样，快乐就会一直快乐，悲伤就会一直悲伤……

· I WAIT FOR YOU FROM MORNING TO EVENING ·

[1]

一年一度的动画艺术节，在夏季的曼多尔举行，这次的大东家是LCF。

曼多尔之行同来的，除了蔺会长及LCF公司的人，还有浩森、敏妍、浩音妈妈和敏妍妈妈。

在艺术节最后一天举行的晚宴上，蔺会长叮嘱儿子不要擅自离开会场，一直要待到宴会结束。

红黄蓝三色的节日标志及由三种颜色装饰的宴会大厅，有各种传统的以及最新的卡通角色造型做装饰，既活泼亲切又不失格调。

浩森将浩音妈妈、敏妍和敏妍妈妈送去购物中心后，确定穿着让蔺光赫无可挑剔之后，才在会场出现。

"全教授，在这里碰到你可真是难得，也是意料之中的事啊。"蔺光赫身边有张秘书跟着，在晚宴上见到国内大学动画创作设计系的全教授，便走过去打招呼。

"恭喜蔺会长，艺术节的气氛很好。"

"教授一个人吗？会在曼多尔多待一段时间吧。"

"唉，年纪大了，得有助手陪着啦。这是我的助手孔冠杰，明年毕业，造型设计上的后起之秀，到时候还得请蔺会长多多提拔啊。"

"哦？看来和我们浩森一个年级，臭小子当时想学什么摄影。唉，现在的孩子啊，可没有我们那时候听话。"蔺光赫扭头，望着正站在一个长鼻子黑发丑娃娃面前发呆的浩森说道。

"浩森，过来见过全教授。"

浩森听到是蔺会长的声音，连忙往这边走过来。

"教授您好。"浩森弯了弯腰说道，抬头时看见站在教授身后的冠杰。

"真是帅气呀。"全教授说着望向蔺光赫，"应该感觉到压力了吧，儿子……这样优秀。"

"曾经还选听过教授的几节课，在这里见到，很高兴。"浩森马上回礼。

"……"一旁的蔺光赫看着儿子的得体举止，不明白自己过去是为了什么和他吵闹，只是看到他不顺从自己的意愿而一味地生气，仅此而已吧。

"回国后也会很快再见面的。对了，教授计划什么时候回首尔？"

"感谢会长，既然来了曼多尔便想顺便回去看看家人，所以暂时会先回一趟多市……"

"也是该聚聚啊。好，那教授请随意。"

"首尔见。"

"首尔见。"

离开的时候，浩森望了一眼教授的助手，发现助手的眼睛也正注视着自己。

双人舞音乐响起，浩森和敏妍的身影按照惯例最先出现在人群中间。

冠杰望着一对舞步默契的情侣这样默契，不是情侣又会是什么人？姐弟？

"用你们年轻人的话说，应该叫'很赞'对吧？有这样的姑娘做女朋友的时候，记得请我喝喜酒哦。"全教授走过来，看冠杰望着跳舞的两个人眼睛都不眨一下，便在一旁笑着说。

"他们……是恋人吧。"

"恋人？这个……不知道。不过，一定会结婚。"

"为什么？教授。"冠杰越听越不明白。

"也就是说，不管他们是否相爱，结婚已是不变的事了。

浩森，我等你从早晨到黄昏

所以，他们如果相爱或不相爱，都是万幸之幸……"

"啊？教授，你是什么意思？"冠杰越听越不明白。

"只怕是'落花有意，流水无情'哦。"教授说着说着便感慨起来。

和相爱的人跳舞是很浪漫的事情吧？

冠杰在心里这样想着时，教授在边上说："明天放你一天假，晚上一起在饭店吃晚饭，后天该去多市了。"

"嗯。"冠杰含糊地应着，心思却在舞池的那两个人身上。

在冠杰看来，人群中间那原本和谐热情的舞步似乎真有那么一丝冷漠，像喝到微醺的人怀有各自的心事在音乐里寂寞着。

[2]

"明天上午十点的飞机，会长让你今天晚上收拾一下东西。"晚上，张秘书来浩森的房间告诉他。

"我还不想走，你们先回去吧。"浩森语气冷冷地说完，便没有再多说一个字。

第二天，浩森一觉醒来，已近中午十二点。冲了个澡，进顶楼的餐厅时，服务生上前用韩语很礼貌地问："请问是蔺先生吗？"

浩森用眼神回答后，跟着服务生往用餐区走。远远地，他就看见打扮一新的敏妍坐在座位上等着。

"你没回去？"

"叔叔说，让我和你一起回去。"

原本打算坐下的浩森转身准备离开。

"坐下啊。"敏妍一边环视一下周围用餐的人，一边向浩森使眼色。

极不情愿地坐下来，还没等敏妍先说什么，浩森已经先开口了："我那样做，只是希望他不反对我在曼多尔多留些日子，只是为了他不停掉信用卡和账号……你别误会。"浩森指的是这一段时间认真作陪的事。

"所以，你的本意并没有打算理会我们……"

"我没那个意思。"

"那你是什么意思？"

"我饿了，吃东西吧。"

餐前酒没有什么味道。

两人对着各自眼前盘子里的牛排沉默地动起刀叉来。

"以前就想象像这样坐在这家餐厅用餐会有什么不同，也不过如此。"敏妍好像话里有话。

"哦，看来你也有缺乏心理准备的时候，一直以来不都是很沉着的人吗？"

"我们为什么会变成这个样子？"

"很抱歉，我觉得自己现在很好，一切都很好。怎么？你有不满意？因为和我在这家餐厅吃令人失望的午餐？"

"浩森！"

"有什么问题吗？"

"以前的那个你到哪里去了？"

"曾和你坐在这里用餐，刚走。"

浩森不紧不慢地切着牛肉，直到将最后一小片牛肉放进嘴里。他像突然想起什么似的，将刀叉在盘子边放好，用餐巾拭了拭嘴角后站起来，说："我会跟他们说记在我的账上，需要什么再点吧。我约了人，时间差不多了。"说完便往电梯的方向走。

"约了女人吗？"

敏妍这样问的时候自己也吓了一跳。

尽管以前自己都知道他在做什么，和什么样的女人在一起，都会装作不知道。这是她第一次直白地说出口，因为已经无法再忍受。

浩森怔怔地望着依然坐在那里的敏妍，笑了笑说："哦，开始变聪明了？在曼多尔认识的，没有和男朋友出来旅行，这样的事情，谁都能理解的吧。"

"这样的事情？这才几天，就和这里的人交往，你疯了吗？"敏妍很生气。

"很早的事，只有你装作不知道。所以，别骗你自己了，知道吗？"

浩森说完便走出了餐厅。

[3]

鞋子脱在沙滩的岩石旁边，将上衣搭在肩上，浩森沿着曼多尔长长的海岸线走着。

直到太阳没入海平面，海天交接的地方出现一片红色光亮，他才提着鞋子回酒店。

一个人的时候，浩森会想这二十二年来自己的生活，还有以后的日子。努力地工作，与相互爱着的女人结婚，成为丈夫和父亲，这些都像梦想一般让人憧憬。

可每次，他都是带着愤怒放弃掉这样的念头，懊恼着和面前的一棵树、一扇门、一面墙或某样东西过不去。他不明白，为什么他不能和别人一样正常地生活？而要按照有些人全盘计划好的去做，棋子似的做个傀儡！

这样的人生，为什么还要呢？

一个浪过来，潮水一下裹住他的脚，让他感受到微微的凉意后，又像受到惊吓的孩子一样逃也似的跑开。

浩森将手中的鞋子和肩上的衣服全扔在了沙滩上，望着将潮水送上来的大海，慢慢走去。

起风了，涌向岸边的海水一浪高过一浪。

水没到胸部的时候，他的脑子里被海水的凉意刺激了个遍，一些事情，一些人像被过滤了般的清晰。

当他看见妈妈的身影时，停下来站住了。

"浩森，我在院子里叫你，你到哪里去了啊，快回家吧。"

是妈妈的声音，妈妈以前不都是这样叫他的吗？

浩森就这样久久地站着，已经带着凉意的海水一漾一漾，慢慢摇晃着他的身体，慢慢将他摇醒。

"喂，喂……喂！"

他听到千沐越来越焦急的声音。

"让我下去，放我下去！"

极不情愿地趴在他背上，她害怕地捶打着他的肩……她挣脱着退坐到窗子边，擦拭着自己的嘴角，因为没能平静下来而喘息着望着眼前的浩森……

……

浩森伸手碰了碰自己的嘴角，好像那柔软的温度，依然存在。

海浪的声音越来越大。

一个大浪过来，浩森用在脚下的力突然一松，他感觉自己的身体被一股力量托了起来，正要向某个方向而去。

这种以前从未有过的感觉真好，像彻底解脱了，无论是身体还是心理上都不再有任何负担。

他慢慢地闭上眼睛。

突然，大海中伸出一只手，拽住他的胳膊。他模模糊糊地感觉到那只手正拖着自己拼命似的向岸边游去，他使劲挣脱，可自己的两只手不仅被反在背后，那人还用手箍住了他的脖子。

他一点都不能动弹了。

那人将他重重地扔在沙滩上，自己一边坐下来用手将头发弄到脑后一边说："臭小子，这么黑的海滩，你找死啊。"

就是找死才选这么黑的天，浩森心里就是这样说的。

海边的风越来越大，一阵浪过来，又掀到浩森的胸口才退回去。如果不是这个人，自己也许真的就……

他坐起来，咳嗽着扭头看身边的人，借着远处岸上的微弱光亮，发现是昨天在宴会上见过的教授助手。

冠杰也看清楚了浩森的脸。

两个人都不说话，像能够彼此看到对方的心事。

"我明天要去多市，得回去了。你呢？要送吗？"冠杰说着起身站着。

"不用了，谢谢。"浩森望着黑色的海，淡淡地说。

冠杰将沙滩上的衣服一把抓起，转身离开。

"刚才……你别误会……"浩森马上补充道。

"知道。不过，晚上风浪大，很危险，以后要注意。"说着，冠杰已经走远了。

浩森突然觉得自己特别好笑。

浩森，你居然想做这样的事情？他捡起地上的鞋子，对着狂怒的海大声地叫嚷着："蔺浩森，你疯了吗？"

大海好像也在问：疯了吗？疯了吗？疯了吗……

一遍又一遍。

接着，一阵大笑后，他以最快的速度跑到马路上拦了出租车。

进酒店的时候引得旁人纷纷侧目的浩森突然豁然起来，他只有一个念头，要马上回去，现在，马上。

正从自己房间出来的敏妍看见一身湿淋淋的浩森，焦急地跑过来问："你这是怎么了？啊？到底发生什么事情了？"

"回去。"

"明天吗？"

"现在，马上。"浩森说完就进了自己的房间，留下一脸疑惑的敏妍站在那里。

是那女人的缘故吗？是不是约好了却没有出现？还是发生了别的事情？

敏妍脑海里想着这些，虽然不知道事情的真正原因，至少，自己要和他一起回去。

敏妍托酒店订了最早到首尔的机票。

八个小时的时差。飞机降落在首尔机场的时间，差不多是下午三点。

敏妍走出机场，浩森推着行李车走在后面，走到机场外面，浩森从行李车上将自己的行李取了下来，转身对身后的敏妍说："要不要我替你打张秘书的电话，叫他派车送你回去？"

"为什么？"敏妍一脸失望。

"对不起，我有些很急的事情要办。"

"急着回来就为了这个吗？"

"没错。"

"不用了，我自己坐出租车回去就可以。"

浩森叫出租车司机直接将车开到了 ILL MORE 酒吧门口，可能因为时间太早，酒吧的门是关着的。

"你是要找人吗？现在还早，酒吧差不多要到晚饭时间才营业。"

"哦……"坐在车上的浩森一心想着快点儿来这里，为了能够见到她。他从曼多尔的海边跑了回来，脚上甚至还带着没有洗干净的海滩上的沙子。可是，大门紧闭的酒吧让他突然不知如何是好。没有电话，没有地址，甚至还没有习惯她的名字的发音。

"如果你是要找在酒吧做事的朋友，可以在后门等，开始营业的时候工作人员都得从那里进去。"

"那去后门吧。"

司机将他送到 ILL MORE 的后门，他从座位上将简单的行李拿下来，在正对着后门口的长条凳子上坐下，开始目不转睛地望着没有一丝动静的酒吧后门。

"对不起，上次吻你是我不对……"怎么可以一见面就提让她不高兴的事呢？

浩森叹了口气。

"岛上的照片出来了，要不要拿给你看看？"哎，太不像平时的浩森。

"真巧啊，在这里碰到你。"他看了一眼座位上的行李，明明是从机场出来就直奔这里的人，为什么说虚伪的话？

一个穿格子衬衣和牛仔裤的年轻人从浩森面前走过去，他抬头看了那人的衣服，突然想到自己的衣服还在她那里。

对，就问她衣服的事。

[4]

"大哥，知道我刚才看见谁了？"

还没有营业的酒吧里，穿格子衬衣的年轻人将头凑到正在玩牌的一伙人中间小声地说。

"三、六、二十八、二十一……好了，拿钱来！"其中一个人将嘴里叼着的烟扔到地上，扭头问格子衣年轻人，"看见谁了？"

"上次在 ILL MORE 的那小子……正坐在后门口，好像在等人。"

"哦？"

"我看清楚了，真是那小子。"

"走，不玩了，去会会我们的老朋友。"

"是谁啊？大哥。"他这一说，大家都站了起来。

"出去就知道了。"

一伙人大概有近十个，全涌出酒吧朝 ILL MORE 的后门走过来。

浩森看到最前面的人，认出是生日那天骚扰千沐的家伙，气便不打一处来，站起迎上去。

"臭小子，还敢往这边走？今天好好地道歉的话，就放过你。"

"浑蛋！"

"还骂上了，这是你道歉的态度？老大，那妞儿好像还欠您一首歌，要不我们今天去听？"

"好。不过半路有人再出来捣乱该怎么办？"

"这还不好办？交给我们就是。"

"好，别在这里开练，换个清净的地方，要她见到打架的场面可不好唱歌了啊。"

说完，为头的家伙转身就走，浩森冲过去，一把揪住他的衣领，不让他走。

"臭小子，你还真上心啊。走，今天让你开眼。"他说完，挥手叫手下的人架着浩森到一处僻静的地方。这里应该是墓地附近，因为前面看得到教堂。

"你们干什么？"浩森看看周围，从地上爬起来，这地方自己从来没有来过。

"上次你挺厉害。大家回去好好练了，要不，你来看看他们有没有长进？"为头的家伙一脸的邪气与坏笑。

浩森站在围着的人中间，抬头做好准备。

"给他点颜色看看！"

那些人一起围上来，浩森的腿踢得很漂亮，开始时将他们一个个踢中，看上去占了上风。可毕竟人多，当如雨点般的拳脚落在浩森身上时，他的意识中只剩用手抱住头的念头。

不知道他们是什么时候停手的，浩森恢复知觉的时候已经是晚上了，他躺在树丛里，狼狈不堪。

前面的尖顶房子里有光亮，浩森捂着隐隐作痛的胸口，慢慢半爬半走到了教堂后面小礼拜堂门口。

隐隐约约有断断续续的钢琴声传来，他蹭着墙壁移到木门前，门一推就开了，他爬了进去，发现里面是个斗室，后面有个窄而厚的布帘，明亮温和的光亮从帘缝里泻过来，歪躺在地上的浩森觉得那就是天堂的光亮。

他感觉自己像是已经死了，又觉得还很清醒，听到有人说话的声音。

[5]

"这样就对了，你今天进步很大，妈妈一定非常开心。"

布帘这边是教堂的圣坛，圣坛旁边的楼上，千沐正在跟练习钢琴的小男孩说话。

"姐姐，你听见什么声音了吗？"小男孩抬头问千沐。

千沐停下按键，听了一会儿，教堂里非常安静。

千沐看看十字架上的受难者，认真地说："记得上课的时候要认真听课，回去后要练习，知道吗？"

"哦。"

"好了，不早了，妈妈一定快到了，咱们下去吧。"

浩森听到钢琴盖合起来的声音，咯噔咯噔下楼的脚步声，然后，门被关上。明亮的光突然消失，只剩下一些微弱的光透进来，看上去很温暖。

千沐领着嘉禾走到教堂前面的小广场上，嘉禾妈妈已经从马路对面跑过来。

"嘉禾，今天听话吗？"一边跑着过来一边拢着额前头发的小男孩的妈妈问。

"他今天很乖的。"

"好了，跟姐姐说再见。"

"姐姐再见。"

"再见……"

看着小男孩和妈妈的背影，千沐满足地笑笑，往公车站走去。可是，没走几步便突然发现手上空空的，才记起刚刚太性急，自己的包还在教堂的钢琴旁。

千沐转身往回走。

她一口气跑到教堂楼上，小布包躺在钢琴旁边，月光从拱形窗户外照进来，正好照在它身上。

千沐望着它笑笑，拿起包转身，看见窗户外夜空中的新月。非常短暂的一瞬间，这月亮变成她透过浩森宽宽的肩看到的那弯月亮，随着他的脚步忽上忽下地晃动。

她在窗户前约莫站了一分钟，走到钢琴前面坐下后又打开了琴盖，再又将包放了下来。

借着微弱的月光，她的指尖轻轻抚过黑白的琴键。

思绪无端地四处飘荡，夜里的琴声突然变成康夫渴望的神奇抽屉，千沐的记忆肆无忌惮地回到以前。她又在那里看见了惊慌跑掉的小黑脸琵鹭，她不小心滑倒，他不大友好的话语、善良温和的眼神又出现在眼前，他背着自己走过很远的山路，他站在月光下失神的样子，然后急忙地说晚安，然后是那个温热的至今未能从她的感觉里褪色的吻……

琴声结束的时候，她回到现实中，合上琴盖，拿起包，慢慢穿过窗边的月光走下楼，到了门口。

突然，圣坛后面"砰"的一声，好像有什么东西摔下来。

"谁？"千沐非常警觉，问了一句。

千沐站着听了一会儿，一切又恢复安静。她想到是晚上一个人在教堂里，又没开灯，可能是自己太敏感。刚准备推门出去，圣坛后面又传出窸窸窣窣的声音。

躺在后面的浩森感觉教堂又变得通明透亮了。

千沐回头望了望十字架，用力咽了咽口水，往圣坛走去。她一边走，心里一边默念着："主会赐福为善的人。主会赐福为善的人。主会赐福为善的人。主会赐福为善的人……"

那细碎的声音好像真的是从圣坛后面传来的。千沐轻轻走到厚布帘那里，想着可能是老鼠，不过，教堂的老鼠应该

浩森，我等你从早晨到黄昏

/
141
/

叫圣鼠吧。这样想着，千沐用力猛地掀开那块布，没有听到圣鼠的脚步声，桌边的阴影里好像横躺着一个人。

"谁？"千沐下意识捏紧包，脑海里想着该不该将脚上的一只鞋举过头顶。

"对不起……"

听到对方的声音很虚弱，千沐才放松一些，抬手拉了一下墙边的线，小礼拜堂的灯亮了。

在明亮光线下看清彼此的两个人，有一瞬间都忘记自己应该作出什么反应才好。

过了一秒，望着千沐那张吃惊的脸的浩森突然意识到自己现在躺在地上的模样，连忙转身过去。

"你这是怎么了？"千沐着急地扔下手中的包，弯腰俯身下来用手去试探着碰触他额头上、嘴角上的伤。

因为疼痛，他本能地躲开，避开温和焦急的目光。

"发生什么事了？怎么会这样子？有人追杀你？"千沐说着望望后面教堂的大门。

"你走吧。"浩森的声音冷冷的。

"在上帝面前叫我扔下有难的人不管不顾，你到底存什么心？"

"关你什么事？即使打架又怎么样？跟你没关系！"

"你到底在胡说些什么？那天，他看见你那样做了……

当我在岛上遇到危险的时候，是你背我回去，他全看见了。"
看着眼前满身沾有血迹的浩森，千沐望着教堂穹顶上的壁画，
眼里浸满了亮亮的泪花。

"……"不愿意让她看见自己狼狈样子的浩森将身体侧
过去，将背对着千沐。

"白痴，笨蛋。"千沐一边从包里取纸绢，一边小声用
汉语对着他的后背说话。

"你在岛上也是说这句，是什么？说我吗？"

"你和人打架？为什么？"

千沐俯身用纸巾去擦他额头上的伤口，她将纸巾换了一
面擦颧骨边上的小口子。一会儿又将手中脏了的纸巾扔到边
上，重新抽出一张新的，用来拭他嘴角的污血……

那么近，她说话时微弱的吐吸，也许上次洗衣服时残留
在衣服纱隙间的木瓜皂香，如清晨的潮汐，推搡着他的整个
意识。

将原本望着她的眼睛闭上，浩森试着躲开这温情脉脉的
海浪。

嘴角的血迹因为太干，纸绢无法擦去，千沐将包里平时
用来湿润脸上皮肤的纯净水拿出来喷了一点在纸巾上。

凉凉的纸巾一碰到嘴角，他愣了一下，眼睛猛地睁开，
看见千沐正望着自己笑。

"怎么？有点疼吧，以后别再跟人打架了，你那么会说故事，什么事用说都可以的，不是吗？"她说着又在喷了点儿水，接着为他擦拭嘴角的血迹。

"这是什么？"

"这个？"千沐摇了摇手中的瓶子，又看看眼前的浩森，神秘地说，"平安水啊。"

浩森望着眼前的千沐，看看身上的伤，若不是现在这样，又怎么可以与她这样接近？想到这里，他苦涩地笑了笑。可一笑，脸上的肌肉牵动伤口，又是一阵疼痛。

"好了，我送你回去吧。"千沐站起身来，伸出一只手来牵他。站到一半的浩森又栽了下去，用手捂着腰旁的地方。

"让我看看。"千沐将他的手拿开，发现里面的衬衣红了一块，解开纽扣，发现一道斜斜的口子，可能是让又硬又利的东西给划开的。

"天哪！"千沐望着眼前的伤口失声叫了出来。

"没事……"

一时不知怎么办的千沐一边用打湿的纸巾擦拭，一边想着该用什么东西先将它包起来。她想到自己的衬裙，斜斜的一圈长度正够，毫不犹豫地扯下来将浩森腰上的伤口小心地包起来。

"不行，你得去医院。"千沐小心翼翼地将浩森搀扶起来，在马路边叫了一辆出租车。

"去郊外的小农庄。"还没等千沐开口，浩森就对司机下达了指令。

浩森紧握住千沐的双手，似在安抚千沐的慌乱，又似在寻找一种支撑的力量。

"相信我，没事的。"

黑暗中，出租车借着朦胧的月光，向郊外的农庄驶去。

[6]

浩森喜欢农庄的悠闲与安静，以前妈妈常带他来。自从妈妈去世后，偶尔一个人来的他，不是因为和人打架想躲避暴跳如雷的爸爸，就是因为自己觉得太孤单、太想念妈妈。

时间在这里不管用。许多年来，屋里的陈设一直没有变，木地板，结实的粗麻包着木头桩子做的凳子，壁炉，墙壁上的麻绳和渔杆，小圆桌上还放着一只棕色的小木桶……妈妈或者外婆都曾用它装过刚煨好的木薯吧。

"这是你家？就你一个人？没有别的人吗？"

像是到了农场主家里，扶着浩森进门的千沐觉得很奇怪，前后看了看后问他。

"我很痛，你能不能少问房子的事，多关心我一些？"

浩森有些吃力地半躺在沙发上。

千沐看到他额上的冷汗都冒了出来，嘴唇干涩。

"你等一下，我去给你倒水。"

"楼上小房间的药箱，里面有清理伤口的药。麻烦你……"

千沐帮浩森倒了一杯水，把一个灰色的小箱子拿了下来放在木桌上。她望着浩森自己动手把上衣脱掉，熟练地清洗伤口，擦药，然后拿出纱布。

"能帮我一下吗？"浩森这才抬头问一直站在旁边看着的千沐。

"哦……好。"千沐将纱布轻轻绕过他的腰，一圈，两圈，三圈，他腹部的肌肉硬硬的凸出来两块，千沐看见，慌忙把眼光望向伤口上的纱布，用说话来消除这种尴尬，"你好像很懂得护理……很熟练的样子……"

"经常这样，就用不着去医院了。"从他嘴里说出来，好像这并没什么大不了的。

"经常……打架吗？"千沐替他把衣服穿上。

"越是这样，越是很难死掉。"浩森躲开千沐望着自己的眼神，望着窗的方向。那里有架老的木钢琴。

"你晚上弹的是什么曲子？"浩森望着窗前的钢琴，神情恍惚地问千沐。

"什么？"仍然想着他的心事的千沐，还没有回过神来。

"教堂里，只有月亮照着的时候。"

看着他坐在沙发上的侧面，千沐觉得眼前这个人似乎很孤单，自己心里突然有种想要去温暖的感觉。

她慢慢走到钢琴面前坐了下来。舒缓而忧伤的音乐回荡在夜里，是刚才在教堂弹奏的曲子，浩森靠在沙发上安静地听着。

"这是我自己写的曲子，也是第一次弹给别人听……还没写完，所以……听上去有些奇怪，是吧？"

千沐停下，转过头望着窗外远处零星的灯火，轻声问着。

见浩森没有说话，千沐走到沙发跟前，才发现他已经睡着了。

秋天已经悄悄来临，郊外的晚上已有些寒意。

千沐将壁炉里的火生着，又从里面房间的壁橱里取出盖的东西替他盖上，整理好药箱，将脏的碎布和药棉扔进垃圾筒。收拾好后，拧灭了电灯，她自己才慢慢上楼。

听到上楼的脚步声，浩森睁开眼睛，壁炉内的光亮将屋子里照得朦朦胧胧。

"知道人们为什么会在点燃篝火的时候围坐在一起吗？"

以为浩森已经睡着的千沐听到他忽然说的话，站在盘旋上去的木楼梯中间，转身望着壁炉内扑闪扑闪地亮着的火苗。

"因为火的亮光可以让时间停止，那样，快乐就会一直快乐，悲伤就会一直悲伤……"浩森像是自言自语地说着，千沐依然站在那里望着，一动不动。

"为什么？点燃火后自己却要离开呢？"

浩森将头埋进自己的臂弯里，声音有些哀伤。

千沐慢慢从楼梯上下来，脚步很轻很轻地走到浩森眼前坐下，将头枕在浩森躺着的沙发边上。两个人借着壁炉的温暖光亮一个躺着一个靠着，相互依偎，都想起了离岛上的时光。

"岛上也可以生火的吧？"千沐的声音很小，浩森还是听到了。他坐起来望着趴在沙发沿上慢慢睡着的千沐，像在暗房里替照片上的她抚弄额前凌乱的发丝，伸手捋了捋遮住脸的头发。

可能太累了，千沐一下子就沉睡过去，应该是趴着的姿势让她有些不舒服，便慢慢顺着沙发沿倒到地毯上。浩森站起来，将自己身上的毯子替她盖好，望着她睡着的样子，心旌乱了阵脚。

对千沐而言，这是一场又深又长的好梦。

可是在浩森的梦里，他却看到了千沐，看到了自己开车撞死了千沐。

浩森开着红色奔驰经过路口，车的音乐很吵，他看见穿过马路的千沐，早早就踩了刹车。但不管用的刹车致使失去控制的车子冲向她。被撞到汽车前窗的千沐从他的眼前摔出很远，最后摔在路中间，浩森跑出车来，看见地上的千沐浑身是血。他抱头站在马路中间，觉得天旋地转……

从梦里挣扎着想醒过来的浩森甩开枕头，挣脱沙发的靠垫，重重地摔到地上。

腰间的剧烈疼痛让他醒了过来。他终于切身体会到那种自己无法控制的力量导致了心情的巨大变化，因为那个人，千沐她正在改变一直按照自己的意愿过日子的浪荡子。

全身已经汗得湿透的浩森站起来，看到桌上仍冒着热气的白米浓粥，还有留在桌上的字条：

这是早起做好的，

可能有中国早晨的味道。

拿着字条走进厨房，想到千沐大清早开始忙碌的画面，他倚在门口笑了笑。

"千沐，千沐！"

他转身对着楼上叫着千沐的名字，却没有人应。

以为千沐在屋外，浩森捂着伤口屋前屋后叫着她的名字，也没有发现她的身影。紧紧地捏着手里的字条，浩森靠着门口台阶边的柱子慢慢坐在了地上。

"千沐……"

晴朗的天空像巨大的蓝色水晶罩，他感到了自己身处其中的孤寂感。

妈妈，我遇见一个自己一心想要和她在一起的人。妈妈，请您帮我找到她，让她知道吧。

接着又想到爸爸和敏妍家的约定，还有妈妈去世后自己的所作所为……早已经不能这样去想了，浩森一边低头苦笑着，一边展开手中早已被捏成团的字条，望着上面的字迹，视线渐渐模糊起来。他埋起头来，有两片叶子在一阵风过去的时候落到了他的脚边。

如果自己就是那个强而有力的根须上面的一处枝桠，如果枝桠不能自己离开根须，他只能接受现实吗？

做这样一枚落叶吧，自由地落下，和那个人在泥土上相见。

[7]

抱着大牛皮纸袋的千沐出现在农庄前面的木桥上，像是刚从市集回来。远远看见坐在木廊上的浩森，她甜甜一笑，慢慢走到他旁边。

"在等我吗？还光着脚呢。"

依然沉浸在刚才的想法里的浩森被千沐的声音惊了一下，抬头看着站在自己面前的女孩，一时语塞起来。

"我……哪有？"

"别光脚坐在这里了，快进去吧。"千沐冲一副孩子模样的浩森笑笑，自己先推门进了屋里。

他站起来，望着千沐的背影，她刚才笑着的那一瞬间，真像是妈妈回来了。

千沐将牛皮纸袋里的东西一件一件拿出来，食物放进厨房，日用品放在屋里合适的地方。

"你出去就是为了买这些？"

"即使一个人生活，也该懂得照顾自己不是吗？这里……什么都没有，像很久没有人住过一样。"

"……"

"不饿吗？为什么不吃早餐？味道不好？"

浩森望了一眼千沐，当着她的面走过去将那碗白米浓粥吃了个精光后说："味道很不错，再来一碗吧。"

"啊？"

"怎么了？"

"只有一碗。"

"不会吧，刚好一碗？"

"……"千沐点点头。

"你……你自己吃过了吗？"

千沐摇摇头。

"那走吧。"

"什么？"

浩森上楼换了件亚麻色的上衣，一边下楼一边打电话。

"在农庄附近的马路上等我。"只说了这一句话，浩森便将电话挂了。他穿上鞋子，拉着千沐的手便出门。

"可是，我买了……还没……"千沐的意思是刚刚去农庄买的食物就是为了做吃的，应该再忍耐一下，很快就做好了。

"出去吃吧，别做了。"

出了农庄，浩森走在前面先上了木桥，他回头站定，注视着在后面慢吞吞迈步子的千沐。

两个人沿着土路像散步一样走着，能够感觉秋天的脚步慢慢近了。路两边的小灌木丛里挂着红色的小果子，应该是不能食用的山莓子。平坦的田野一直延伸到远处的山峦脚下，墨绿色之后应该就会出现深褐，然后再逐渐变浅，浅褐和黄色，有山槭的地方还会变成火红呢。

"我喜欢走在土路上的感觉，尽管下雨天会弄脏了鞋子。"浩森边走边将目光放在不确定的远方，这样说道。

"看过《大路》吗？还有在读完小说 *The Bridges of Madison County* 的时候，我就想以后要有一辆像 Roboart 或者温奇爷爷那样被刷成许多种颜色的车子，开车游遍自己想去的地方。最重要的一点，只走土路，不走公路。"

"你？"浩森停了下来，扭头望着千沐笑着。

"你笑得好奇怪。"千沐沉浸在自己的理想里，对浩森的反应不屑一顾。

"哎呀，想法还真酷啊。"

"不是想法，是成为旅行家时要做的第一件事情。"

"也不是不可行，从首尔到光州的土路就够你走很久了。"

"是中国。身为旅行家，不多多地了解自己的家乡怎么能行呢？"

"你不是钢琴家吗？"

"谁说成为钢琴家就不能再成为旅行家了？"

"你还真知道说！知道走土路的代价吗？不知道最近的加油站还有多远，不知道前面的路是否行得通，被路上的不明物体扎坏轮胎的情况也常有，更重要的是没有同伴的话，还会有遭遇路匪劫持的可能……"

"他们为什么要劫持我？除了车子，我可什么都没有。"千沐理直气壮地说。

"真的什么也没有吗？"浩森斜着眼睛看着千沐。

看到他一脸的坏笑，千沐想到上次在料理店发生的事情，脸一下子又红到耳根。

原本一直望着千沐的浩森，看到她突然一下子变得红扑扑的脸时马上将目光移开后四处张望，以此来掩饰心里的无所适从。

有一段时间，两个人都不说话。

浩森 我等你从早晨到黄昏

土路尽头的公路上停着一辆红色轿车，浩森和千沐的身影走近时，车门打开，出来一个穿深色西装的男子。他打开后面的车门，请浩森和千沐进去，自己再坐进驾驶座上。

车子慢慢往市区行驶，快到利川道的时候，浩森突然开口说："好了，停下吧。我来。"

穿深色西服的男子出来后，站在了路边。浩森坐到驾驶座上，将车开到河上的桥屋前。

"为什么来这里？"千沐一脸迷惑。

"你不饿吗？都赶上人家的午餐时间了。"浩森走在前面，向那些一一向他鞠身的人点头。

听浩森这样一说，千沐才感到自己早已饿过头了。

从窗户往外看，除了水就是岸，景色没什么奇特。千沐张望了一下，将目光放在眼前的水杯上。

"有什么不一样吗？"浩森问她。

"什么？"千沐抬起头来，眼睛圆圆地瞪着眼前的人。

"眼睛别睁那么大，周围的皮肤过度紧张失去弹性，容易产生皱纹的。"浩森不紧不慢地喝光了杯子里的水。

"……"千沐白他一眼，将目光别过去，望着窗外单调的景色。

"下次，晚上再带你来吧。"

"谁说要再来？！"千沐气嘟嘟地说着。

"其实……那么大的眼睛……很美。"有些人就是这样，说出心底的话永远比说敷衍的假话要难，但若说了，却比谁都认真。浩森说这话的时候，眼睛也望着窗户外，那里有艘船，船上的人好像在打捞什么东西。

食物上来了，全是中式菜。

浩森拿起筷子，银质的筷子与碗之间轻轻擦了一下，发出很脆的声音。他夹住一块蒸盘里的白芋片，放进千沐的碗内，笑着对她说："离岛上的照片，想看吗？"

"你的照片？"千沐轻轻咬了一口白芋片，随口问道。

"嗯，不过照片上是你。"一边说，浩森将手里的小碗递到千沐面前，"替我盛碗米饭。"

"你什么时候拍的？"

"你摔倒的时候。"

"怎么可以偷拍别人？"

"偷拍？要不是你突然撞进镜头里，害我白白等了一下午，那照片上就不是讨厌的金鱼眼，而是可爱的琵鹭。"

"金鱼眼？你……"她接过小碗，将糖醋鱼的大脑袋全塞了进去，将整盘鱼也放在了他面前，"这么不喜欢鱼吗？那就吃完它吧！"

千沐守着他。

浩森望着盘子里的鱼，说不出话来，将整条鱼全吃完后，望着桌上一堆零碎的骨头，直觉得胃里一阵翻涌。

"不行，我的肚子。"浩森捂着肚子向卫生间冲去。

千沐忍不住发出了一串欢快的笑声。

浩森回来的时候，千沐说："我得先回去了。"

"等一下。"

浩森看看桌上，每个盘子都差不多了。

"怎么了？"

"跟我走吧。"浩森说着将钱放在桌上，拉着她便走。

"去哪里啊？"

"先上车再说。"

"我要回家。"

"现在还早，先上车再说。"

将千沐硬塞进车里，浩森从另一边坐到驾驶座上。

"你要做什么？"千沐望着浩森的眼睛。

"带你去一个地方。"

"谁能像你一样整天无所事事，唯一能做的是和别人打架。我要回去，让我回去。"千沐脱口而出后，后悔不已。

浩森愣了愣，不再说话，一反常态地平稳而有些缓慢地开着车。

从激动到迷失坚强的自己，最后变得一筹莫展的，反而是他浩森。像因为长年挣扎变得无力、索性一头扎进温柔陷阱中的孩子气的兽王那样，他将最后可以帮助自己回到原来样子的希望也放掉了。

现在，只是希望她住的地方很远，很远，永远也不要抵达。

在肖允儿家门口，千沐从车里出来，一直不说话的浩森从车里出来跟在她后面走了几步，突然说道："提前实现你的梦想吧。"

"什么？"

"我们去旅行吧，只走土路的旅行。"说着，他从裤子的口袋里掏出一样东西。

"我都找遍了，你在哪里看到的？"千沐看见是自己在离岛上丢失的手机，一边伸手去接，一边问。

他没有马上给她，而是望了早已没有指示灯的电话一眼，突然向空中甩手出去。

院墙外花园的茂密树丛里"咚"的一下，电话不知道落在了什么地方。

"你疯了？为什么扔掉我的电话？"

"用了很多年了吧，电池也是坏的，用这个吧。"说着，他从另一边口袋里拿出一部银色新款手机，放在了她手上。

"……"

望着红色奔驰渐渐远去的背影，千沐愣在外面站了一会儿，才按响门铃。

·I WAIT FOR YOU·
· FROM MORNING TO EVENING ·

遇见她
就像萤火虫遇到星光
美好似乎慢慢靠近

· I WAIT FOR YOU ·
· FROM MORNING TO EVENING ·

遇见她
就像萤火虫遇到星光
美好似乎慢慢靠近

· I WAIT FOR YOU ·
· FROM MORNING TO EVENING ·

遇见她
就像萤火虫遇到星光
美好似乎慢慢靠近

第四幕

如果像树一样扎下了根，会是怎样的爱？
你对我而言，是如同空气一般的存在。

[1]

星期天早晨，时间刚过八点，千沐被手机铃声吵醒，浩森在电话那头叫她："下来吧，我在楼下。"

"……"千沐含含糊糊不知道说着什么，就没有回应了。

"千沐，能听到吗？千沐……"

电话那头已经没有声音了，浩森坐在车里，想着今天要带千沐去的地方。

每一个来韩国旅游观光的人会想到要去的所有地方，还有每一个自己喜欢的地方，浩森都想带她去。比如去江原道的海边，或者当紫芒和迎春花开放时候的大邱，其实再去一次仁川也很不错啊。这样的念头让他这个星期天的早晨很早就没有了睡意。

他起床后，为吉他换了一套新弦，为那个至今没有做好的镜头框架设计了一个新式样，接着开始在衣柜里选合适今天这样的日子要穿的衣服，平时很自信的他突然对每件衣服挑剔起来。

最后，浩森选了一件质地很舒服的上衣，取下款式最简单的一条牛仔裤，确定镜子里的自己依然令人满意后，才出门。

可是离浩森挂下电话已经快一个小时过去了，铁门里面还没有一点动静。

浩森终于忍不住准备再拨通电话的时候，铁门后面好像出现了人影，他这才将手机扔回了旁边的座位，开门下车。

靠车门站着的浩森，第一次觉得有些莫名地紧张，他无意识地低头望了望脚上的鞋子，千沐已经站在他面前了。

"这么早啊。"边和浩森这样打招呼的千沐边揉着眼睛抬头看天上的太阳。

她今天穿了件白色衬衣，牛仔裤的颜色也有些发白了，头发很随意地在脑后捋成一把，说话的样子好像还没有睡醒。浩森抬头望着她温和地笑着，一时忘记说话，他觉得眼前的女生是这个世界上将白衬衣穿得最好看的人。

见眼前的这个家伙望着自己傻笑，千沐以为自己有什么不对，看看身上又用手摸摸脸，疑惑地问："怎么了？"

"上车吧。"浩森这才转身去开车门。

"我们要去什么地方吗？"

"嗯，今天要去的地方很多，做好准备了吗？"

"哦？"千沐一脸疑问望着身边的浩森，不知道他指的都是什么样的地方。

"这可是我第一次主动充当免费导游，你很荣幸！作为来到韩国的留学生，总不能对这个国家一点都不了解吧……"

浩森还没有说完，千沐的脑海里就出现了冠杰站在她的面前说出同样的话时的神情："……就当是免费的历史课，回国后别那样轻易忘记我这个老师就好。"

联想到另一个人，千沐忍不住偷偷笑了起来。

"为什么笑？"

"没什么，好像很相似呀。"千沐望着车窗外往后的景致，喃喃自语。

"嗯，街道吗？唔，这是一条老街，从这里可以通往钟路区，那里集中了许多韩国有名的名胜，景福宫、昌德宫、昌庆宫、云岘宫都位于那……"

阳光透过树叶的间隙，透过车窗的玻璃，照在千沐的白色衬衣上。她靠在座位上睡着了。

浩森的双手轻松地拨弄着方向盘，减慢了车速。他如此强烈地想让身边这个女孩认识自己生活的地方，如果可以的话，他也想让她带着他去她的家乡。

他知道这是为什么，自从妈妈去世后，他就与过去的自己完全脱离了，一切都变了，变得无法信任——家，父亲，突然出现的弟弟，还有那个取代母亲一切的女人。

他变得尖锐冷漠，甚至以为自己以后的生活只有一个目的，就是要报复这些改变自己原来幸福生活的人，蔺光赫，还有突然冒出来的弟弟浩音，以及浩音妈妈和敏妍。

可是，现在为什么会又感到了幸福？是上帝可怜自己，又重新将幸福赐予自己？

如果真的是这样的话，他要不要抓住这样的幸福？要不要放下那些与周围一切为敌的态度，好好地珍惜现在和将来？

浩森将车靠林荫道旁停了下来，阳光稳稳地在前面车窗上投下斑驳的影子，他伸手在CD播放器的PLAY键上轻轻按下去，一连串的音符就像没有什么能抵挡得了的阳光，一直照进心里。

如果像树一样扎下了根，会是怎样的爱？

他将座位的位置调了一下，以适合自己往后靠着，觉得是自己最舒适的姿势后，轻轻将千沐的座位调到同样的位置，然后就这样靠着，侧过身一直望着她睡着的样子。

可能有两三首歌的时间，千沐睁开眼睛的时候，发现一旁的浩森正望着自己，她有些难为情地拭了拭自己的嘴角。

"放心好了，没有流口水，睡姿也很好看。"浩森笑着安慰她。

"对不起，我……"

"已经饿了吧，那么匆忙跟我出来，结果连早餐也忘记了。想吃什么？"浩森一边替她开车门，一边留意周围的环境。

在千沐的建议下，两个人在一家精致的路边小店坐下来，要了热腾腾的黄酱汤。浩森趁着千沐低头喝汤的当儿望一眼坐在自己对面的千沐，不禁有种满足感，生活原本到这里也就可以了。

吃完东西后的任务的确很多。不仅是景福宫、昌庆宫、云岘宫这些浩森刚刚在车上念叨的地方都去过，还做了许多其他的事情——比如在庙里求签的时候，大师在解千沐的签的时候就对着浩森说过许多让两个人都莫名其妙的话；比如喝过祈福泉中的水之后，浩森在墙上的木牌上留下了黎千沐的名字；比如从泡菜博物馆出来时，浩森手上的纸盒里应该装了不下十几种泡菜。

两个人一起吃晚餐的地方开始的时候让千沐有一些拘束，与其他用餐的人相比，自己的穿着好像太随意，幸而浩森和自己一样，让她松了口气。

浩森的车子在早晨等千沐的位置停下来，将装有泡菜的纸盒还有别的纪念物品放在千沐手中。千沐准备开门出去，又被浩森一把拉住。

"等一下。"浩森从后座上拿出一个精致的礼盒送到千沐手中。

千沐想知道里面都是些什么东西，浩森却什么也没说，只给了千沐一个"看了就知道"的眼神。

千沐将手中的物品放下，轻轻地将礼盒打开，一只木雕的小熊出现在千沐眼前。

"浩森，为什么送我一只奇怪的熊？"

他只是神秘兮兮地笑，然后说："这个嘛……不能说的。"

"为什么？"千沐更好奇了。

"说了会挨揍或者遭拳头打的。"

"啊？"坐在车里，千沐被他的话吓得一缩，木雕从手上掉到座位下而滚进了里面。浩森只好将车停在街边，猫着腰找了好一会儿才将木雕熊找出来。

"从现在起要拿好它，知道吗？座位下面那么黑，它会怕的。"浩森很认真的样子，让千沐像闯了祸似的愣在那里，望着浩森。

看着这样的千沐，浩森忍不住哈哈笑起来："看看你们两个，还真像。"

"谁啊？"千沐疑惑不解地望着眼前的人。

"它啊。"浩森边说边朝木雕熊使了个眼色。

千沐突然知道自己上当了，拳头雨点般落在浩森身上。

叫嚷着"别打啦别打啦"的浩森，一边捂着头装可怜一边叹着气说："说过不能说的，看吧，真的灵验了。"

千沐笑了，一个人继续把玩着手里的小木雕，还是忍不住问："为什么是一只熊啊，它的样子……实在好丑。"

"见它一个人待在庙里，好孤单，跟庙里的大叔说好话，就让我拿走了。"

千沐不相信地看着浩森。

"它会好好保护你的！"

"嗯？"

"憨厚的熊其实是纯真的卡丽丝托所变。卡丽丝托原本是月亮女神 Artemis 身边的宁芙仙子，因受宙斯所骗，被赫拉变成了一只熊。意大利民间一直都有这样的传说，用来自希腊勒斯堡斯的珍贵稀木雕刻成卡丽斯托变成的熊的样子，这个木雕的熊将会守护所有在 12 日出生的人。12，是你的出生日呢。"浩森看着千沐的双眼，真挚地说出这个关于小熊的美丽传说。

千沐手里捧着那只熊，扭头望着浩森开心地笑着："真的吗？"

浩森一脸认真："要好好保护它，知道吗？"

千沐认真地点点头。

带着满满的礼物和满心的喜悦，千沐正准备走进铁门，浩森从驾驶座出来又叫住了她。

"不应该还说点儿什么吗？比如夸赞一下导游不错之类的话。"

站在已经转身过来的千沐面前，浩森有着深深的不舍。

"嗯，今天的解说真是棒极了！不过买这么多泡菜怎么吃得完啊？"千沐望着手中的盒子，又望望眼前这个今天有点奇怪的人。

"可以放冰箱，而且，还可以叫我过来帮忙。"

千沐脸上漾开了笑，这么简单便得到快乐的她也让浩森心里有些自卑，因为这十几年来，他很少因为生活中的事情而笑得如此没有防备。

"那晚安啦。"笑着道别后的千沐推开铁门转身站定。

"好好休息，晚安。"浩森说完后便转身进了车里。

看到车子驶出路口拐了弯，千沐才进去。走路的时候，她能感觉到放在口袋里的那只木雕小熊，硬硬的，一下一下地证明着它的存在。

[2]

天气稍微凉爽一些，已经可以穿薄一点儿的针织衫，或者在衬衣外面添件线织背心。

这天中午的阳光很好，从肯德基出来的肖允儿和千沐一人拿着一只鲜奶冰激凌，往漫画社的方向散步。因为刚结束上午的课，千沐怀里还抱着课本以及两本从图书馆借来的与音乐史相关的书。

"我看我还是不要去好了。"千沐对肖允儿中午要自己加入漫画社的建议，显得还是有些犹豫。

"不行，吃饭的时候你可是答应了的。"肖允儿的态度很坚决。

"可是，我又不懂得……"

"谁说一定要懂了？那参加话剧社的人必须是演员，参加电影社的人得是导演吗？好了，黎千沐，别磨蹭，快走吧。"肖允儿说着拖住脚步慢下来的千沐。

"可是，我都要做些什么？"

"什么都不要做！只要每次和我待在一起，然后慢慢发现你自己正在喜欢它就可以了。难道……你讨厌漫画？"肖允儿很紧张地问。

千沐摇摇头说："小时候还是很喜欢看的，只是有些不一样。"

"那就没事啦，走吧。喜欢就是专长。"

走进漫画社，大家围在一起讨论得正激烈。肖允儿一边拉着千沐穿过放书架的房间往里面走一边叫着"社长"，一直没有人应。

千沐当时的感觉是，好像有些乱，应该是没有管理好的关系吧。走到甬道尽头，千沐跟着肖允儿进了一间小房子。

"这个家伙去哪里了？"肖允儿走到窗户边坐下。

这里放着一张正方形的桌子，上面放了很多书籍，还有画图工具，电脑被挤到一边去了。

肖允儿看到桌上大大的速写本下面压着的白色纸页上好像是一幅作品，便轻轻抽了出来。抽出来的时候发现不止一张，是好几张。

电脑屏幕上是《ICE AGE》的片段，电脑面前的女孩认真地望着屏幕，整个画面很童真的感觉。

另外一张是彩色铅笔画的，满幅一半是蓝天，一半是花海，有两个小人走在花海里。奇怪的是，有个小人还戴着口罩。肖允儿忍不住笑了起来，不小心，手中的稿纸有一张掉到了地上。

千沐则被书架上的书籍吸引了，上面差不多都是艺术类的书，还有一本千沐喜欢的音乐人物的传记。千沐想将那本书抽出来翻看，便问肖允儿："我们要等那个人回来吗？"扭头见肖允儿手中的东西掉了，便将抱着的书放在书架边上的位置，过来帮她拾起来。

有人敲门，应该是有别的人也来找那个"社长"吧。

两个人不约而同都将手中的稿纸放在桌上，门被推开，有个脑袋伸进来说了句"肖允儿学姐，社长他带人出去定下周的主题去了，一时还回不来"，说完后又将脑袋缩了回去。

　　两个人忍不住相视笑了起来。

　　"那我们还是先回去吧。"肖允儿边说边将刚刚从速写簿里抽出来的稿纸放回去，正好看到第三幅图画。那是一个湖边一角的景致，与前面的风格都不一样，更加细腻真实，似乎能感觉湖边的那颗柳树在微风下轻轻摇起了枝条。树下面的位置还没有完成，好像是坐着的人的构图。

　　"肖允儿，是什么主题？"

　　"哦，主题一般都是社长来决定，每周都不一样，总是在变。针对主题通过不同的方式来表达自己的看法，其实，所有的形式都是相通的吧。"

　　两个人一边说着关于"主题"的话题，一边往外走。

　　千沐还在想着刚刚说到的关于主题的讨论，突然问肖允儿："肖允儿，你觉得'遇见'属于什么样的主题？"

　　"如果'约定'是人为的必然，那么'遇见'就是不可预知的偶然。所有偶然都令人期待，因为心主宰情感，脑主宰智慧……"

　　"肖允儿，你是不是老去哲学课上旁听？"千沐想起浩森，他被自己踹倒躺在草地上的样子，他和人打架受伤躺在教堂里的样子，还有他站在昌庆宫殿前灿烂地笑着的样子……

肖允儿突然认真地说："嗯，是个不错的主题，适合一切表现形式。用音乐表达也会很不错的，试试看吧。"

两个人一直沿街走着说话，快到地铁站的时候，千沐才发现自己将书忘在了刚刚离开的漫画社里。

"肖允儿，书忘在漫画社了，我回去拿。"千沐说着准备回漫画社。

"好了，我看你还是乖乖坐这里，我去取会比较快。"肖允儿指着旁边公交站的座位，对兀自转身往回走的千沐说。

肖允儿回到漫画室，因为担心千沐等太久，抱着书又很快回到刚才的公交车站，却没有看到千沐。

[3]

千沐坐在浩森的车里给肖允儿打电话："肖允儿，我刚刚遇见了认识的人，所以没来得及……好，那你自己先回去。"

坐在驾驶座位上的浩森轻松驾车，忍不住扭过头问千沐："是刚刚一直在一起的人吗？"

"嗯，和我同住的画画的女孩，她本来邀我来参加漫画社，结果她认识的社长不在。"

"你喜欢漫画？"浩森轻轻笑了起来。

"也不是所有的，只喜欢可爱的那种。"

"可爱的？哪一种？"浩森有些好奇。

"唔，也说不清楚。"

"……"

两个人都沉默。

浩森在想，她眼中哪种算是可爱的？她喜欢不喜欢或者有一点儿喜欢还有不讨厌的界限是什么？自己对她而言是喜欢的还是不喜欢的，还是算不上喜欢或者不讨厌的？想到这些，他就觉得人的情感比自己想的还要复杂。一想到她的每一个想法都有可能左右自己的人生，他便莫名地悲观起来。

左右自己的人生？真的是这样吗？

"我们要去哪里？"见浩森不说话，千沐突然想起自己已经坐在车上很久了。

浩森回过神来，给了身边的女孩一个神秘的笑脸，说："哦，去了才能让你知道的。"

现在不到下午四点，广场上的人已经比较多了，不远处露天舞台上有工作人员在忙碌着。

浩森将车停在稍远一点儿的地方，这样和千沐两个人不会觉得有那么吵。

"渴吗？我去买些饮料。"浩森随手将车门关上，往人多的广场那边走去。

千沐将车窗摇下来，旁边偶尔有三两个人经过，往广场那边走。

"Mikhail Pletnev 的广场演奏会，好难得。"千沐感觉好像有人提到了"普列特涅夫"的名字，可又不能确定，也不能相信这样的事。

远远地，千沐看见手里拿着饮料的浩森正朝这边走过来，一路上有人向他点头问候。

"浩森，广场上有表演吗？"

"嗯。已经知道了？据说是有名的指挥家，曾经也是个非常出色的钢琴演奏家，想必应该不错吧，所以想叫你一起来啊。好像叫什么涅夫？"浩森说着将手中的可乐和咖啡递向千沐示意她选择一样，千沐拿了可乐。

"是普列特涅夫！"千沐高兴地猛吸了口可乐。

望着千沐开心的样子，浩森表面上若无其事地喝着自己手中的咖啡，心里已经不知道自己到底有多高兴了。

这种高兴源于千沐开心的样子，不受自己控制。

演奏会开始的时候，浩森带着千沐坐到离舞台仅隔一排座位的位置上，一整个晚上，他都在望着千沐全神贯注的侧面发呆，并不知道都演奏过什么样的曲子。

不知道街上的灯火什么时候开始亮起来的。

在从舞台前走到停车地点的时候，浩森希望这一小段路永远也不要走完，这样想着，下起雨来。

他脱下外套遮过头顶，将千沐揽入自己的臂弯范围里，带着她一起向停车的地方跑去。

浩森的咖啡早就在听演奏会之前喝完了，但车里还留下了咖啡的香味。

千沐看到自己开始没有喝完的可乐，拿过来轻轻吸了一口，望向浩森："你要不要喝一点儿？"

"哦，我不渴，你喝吧。"他的声音好像有些疲惫。

听到这样回答的千沐独自捧着大可乐杯，有些后悔自己刚刚的问话，只是吸着可乐，不再出声。

雨渐渐大了，浩森望着前面的路专心驾驶，雨刮器有节奏左右摇摆的声音，雨点拍打车窗的声音，都很清晰。

沉默的两个人好像在想着各自的心事。

对今天晚上的演奏会，浩森觉得像过去好几个月的事情似的，已经没有印象了。他只记得她侧面的样子，还有她完全沉浸于一件事情时的专注神情。脑海里闪现这样的画面时，他忍不住看了看身边的千沐，她还咬着吸管，望着外面的雨幕。

"第三首演奏的是勃拉姆斯的作品，那是他写给自己所爱的人的作品，忧伤细腻。因为所爱的人，他一直都不曾结婚……"千沐喃喃地说。

"为什么不和自己所爱的人结婚？"

"因为她是自己好朋友的妻子。后来他的好朋友死了，他还是像以前一样爱着那个女人，直到自己死去。"千沐望着车窗外，回忆着勃拉姆斯对克拉拉一直坚守的痴情。

车子在十字路口的人行线前停下来，等着那三两个行人过去。前面有个人背着深啡色的包，撑着深色的伞一个人沿街走着，好像是冠杰。

他住在这附近吗？还是出去？这么晚了。

车子向前开，那个影子慢慢到了后面，渐渐远去，千沐还回头望了一会儿。

"怎么了？"见千沐扭头望着车后窗，浩森忍不住问。

"哦，没事。"

车子在千沐住所楼下的老地方停下来，千沐似乎还没有从刚才的思绪里走出来，望了望楼上的灯火，对浩森说："谢谢你带我去听现场演奏会，晚安。"

浩森突然说："爱她，就应该和她在一起，这才不会伤害所有的人。"

"什么？"

"即使是喜欢自己朋友的妻子，如果两个人彼此喜欢，就应该让相爱的人在一起。不是应该这样吗？"浩森还在想千沐刚才提到的事情，语气有些奇怪。

眼前的千沐有些意外地望着他。他从那双眼睛里看到一个矛盾的自己，因为心里那样的喜欢，所以渴望能够毫无顾忌地接近她。和她在一起才觉得自己是可以去爱的幸福的男人，却害怕自己的接近会伤害到她。这是怎样的感受？

想到这些，浩森不知道应该做什么，连晚安之类的话也没说，坐在那里沉默着好像在生自己的气。

千沐明朗地冲他一笑，说："都不和我说再见吗？"

浩森心里想说的是"再坐会儿吧"，却配合着微笑对她说了句"晚安"。

千沐走到铁门前的时候回头向车内的浩森摆了摆手后进去了。

为了缓和车内的气氛，浩森伸手碰了一下"PLAY"键，遥远的歌声飘出来：

一切都不必重来

生活还在继续

什么也无须更改

一错再错的故事才精彩

……

"今天没见到社长，他说叫我们下周直接去码头。"听到开门的声音，肖允儿在自己房间里大声告诉千沐刚刚接到的电话内容。

"社长？去码头做什么？"千沐一时没明白肖允儿在说什么。

"漫画社下周的主题选在了岛上，刚刚社长打电话过来，说我们正好可以一起参加。"肖允儿说着从自己房间出来，神秘地笑问，"突然消失？碰到谁呢？有交往的男朋友了吧。"

千沐被肖允儿的笑弄得有些难为情起来。

"哈，脸都红了。下次在楼下等人的车按时间缴费啊！"肖允儿假装着一本正经说完后，认真问千沐，"也是学生吗？中国人？"

"是韩国人。在搬来之前早就认识的朋友。"

"哦，朋友？下次邀请他到家里来吧，也得让我帮你看看啊……

[4]

早上，码头就聚集了很多去附近岛上而在等船的人。往返于码头与岛上的船大概三十分钟就有一趟，因此人们一般都不要等很久，现在三两个一起正说着闲话。

冠杰拿出手上的名单自己先确认了一下，看了看时间后决定还是打一个电话。

估计是电话那头的人说就快到了，冠杰便在电话里答应着说"好，那再等十分钟。嗯，是船靠岸的地方，不是码头卖票的地方。嗯，票都已经买了。"

挂了电话，冠杰看到船已经过来，便对站在那边的学生喊了起来，不一会儿，有个男生很快就跑到自己跟前。

"学长，有什么事情吗？"

冠杰边将手里的名单交给学生，边交代着："船已经过来了，你们先过去。上面除了划线的人之外，其他的人到岛上要再点一次名，安顿好后就可以去搭帐篷了，还有两个人没到，我还得再等一会儿。"

学生拿了名单招呼其他人上船了。

码头上的人一下子少了很多，冠杰背着深啡色的包，在码头的石墩上坐下来，望着一漾一漾的深色海水，发了一会儿呆。

码头上的人渐渐多起来，估计下一班船也快来了吧。肖允儿和她的朋友怎么还没来。唉，女生就是这样，看来还要等一趟了。

冠杰想着这些的时候，肖允儿和千沐已经朝这边走过来，已经站在冠杰身后的肖允儿拍了拍他右边的肩，躲到左边。冠杰回头没有看到肖允儿，却一眼望见站在那里的千沐。

"黎千沐，你怎么在这里？"冠杰觉得又意外又惊喜。

"当然是我带她来的！孔冠杰，对新成员与学妹，你这个学长要好好栽培的呀。"肖允儿开心地跳出来，认真地说。

"原来你们认识啊。我们那天去的就是他那里吗？"千沐问肖允儿。

"是啊，他现在是漫画社的社长，不过即将退休。至于新社长的位置嘛……"肖允儿说着，给了冠杰一个带有挑战意味的笑。

"是啊，有很多人可都觊觎已久，尤其是咱们的肖允儿同学。"冠杰打趣地替肖允儿说完她的话。这时，船上的人已经陆陆续续往码头上行走，三个人正好赶上这一趟船。

"上船吧。"冠杰说着从两个人手中接过旅行袋，转身先往船上走。

船行在海上，向远处呈黛色的小岛驶去。

冠杰一个人爬到船舱顶上坐着，望着远处的海面，慢慢将视线收回来，落在千沐身上。

千沐的浅褐色灯心绒外衣没有扣，里面是件白色立领衫，旧旧的、很宽松的牛仔裤，像男生那样将皮带露在了外面，有种沉静的帅气。她和肖允儿靠着船尾的栏杆正说着什么，两个人都注意到船舱顶上的人了，望向他这边。

冠杰连忙将目光又移向远处的海，凉爽的海风将他的头发全都吹乱，他索性躺了下来，哼起那首古老的谣曲：

Soft winds caress the sea,

Breezes so tender,

Make every dancing wave,

Gladly surrender!

Days here are heavenly,

Nights are pure ecstasy,

Santa lucia, santa lucia!

Venite all'argine, Barchette mie, Santa lucia,

santa lucia

……

波光粼粼的海面上，身形矫健的船儿正驶向绿色之岛。

[5]

　　其他同学都在事先联系好的农家住下。因为肖允儿、千沐和冠杰后到，被安排在了靠近海边的同一户人家。中午三个人就在房主大叔的安排下吃饭，千沐还吃了以前从来未见过的海鲜。大叔是个潜水爱好者，中午的主食就是早晨下水后的收获。

　　"今天上午的生意不错，几乎全卖完了，知道家里今天会有学生要来，便预先留了些。"大叔说完后又指着三个人各自的碗里说再吃点儿。

"这些在首尔可都是不能常吃到的东西，谢谢大叔。"肖允儿一边夹菜一边说。

"每天吃这些东西，都觉得没有什么比吃这个还糟糕的了，可到这里来的人好像只关心有没有得吃，哈哈，真奇怪啊。"

听大叔这样说，三个人全都笑了起来。

"孔冠杰，对刚刚加入漫画社的学妹可要多多照顾才行啊，别把人累着了。"肖允儿冲着冠杰投去假装不满的目光。

"没关系的，我不怕累的。"千沐连忙帮冠杰辩护。

"不愧是孔冠杰，魅力王子就是不一样，这么快学妹就站你那边去了。真失败啊，我还是去四处转转好了。"肖允儿说着提起未打开的旅行包准备离开。

冠杰忙走过去从她手中接过来说："我帮你拿进去好了。"然后转身对千沐说，"下午要教村里的孩子们唱歌，这事就交给你了。"说完给了她一个拜托了的眼神。

肖允儿顺着小路向村子一旁的小树林走去。

冠杰又转过身去，开始帮着大叔收拾起屋子来。

忽然，悠扬的风琴声远远地传来，好像就是自己躺在船上哼唱的曲子。

冠杰循着声音来到海边的空地上，同学们已经在那里搭建好了一个小营地。

村子里的孩子吃过饭后都来到这里，按照兴趣爱好，他们分成绘画、读书、诗歌朗诵、音乐、体育五个小组，这些都是上周冠杰准备的主题中的内容。课余，还要为孩子们准备漫画书、儿童诗、足球什么的，着实忙了整整一星期。因为听肖允儿说新加入的成员是音乐系的学生，他告诉社里其他成员，村里一架放了很多年的风琴到时还可以派上用场。

围拢在千沐身旁的孩子们都听得入迷了。

"姐姐，这是什么歌？教我们唱吧。"有一个叫惠元的孩子说，其他的孩子们便都央求着要千沐教他们唱歌。

冠杰慢慢往营地中走，望着千沐的背影，走到旁边的绘画组坐下了。

"可是姐姐不会唱韩语歌，只会中文的，怎么办？"

"教我们唱吧，姐姐。"

孩子们在千沐周围坐下，她重新弹起刚刚的曲子，跟着风琴唱了起来：

看晚星多明亮，

闪耀着金光。

海面上微风吹，

碧波在荡漾。

在银河下面，

暮色苍茫。

甜蜜的歌声，

飘荡在远方。

在这黑夜之前，

请来我小船上。

桑塔露琪亚，桑塔露琪亚。

不一会儿，孩子们也学会了，跟着千沐一起唱着：

在这黑夜之前，

请来我小船上。

桑塔露琪亚，桑塔露琪亚。

在这黎明之前，

快离开这岸边。

桑塔露琪亚，桑塔露琪亚

……

临近黄昏的海面被夕阳染上一层浓浓的红色，孩子们在沙滩上玩耍，舍不得回去。

千沐将鞋脱了，赤着脚在沙滩上走。看见几个小孩子正用树枝在沙滩上画画，索性坐了下来看。

"惠元，你在画的是什么？"

"这是爸爸、妈妈和我，还有，这是我们的家，还有姐姐。"惠元指着沙滩上的画告诉千沐。

"嗯，真乖，画得很好。以后努力学习，将来一定可以成为不错的画家。"千沐轻轻抚摸着惠元的头发鼓励她。

随后她见天色渐晚，便招呼其他在沙滩上玩耍的小朋友："孩子们，要回家啦，等会儿爸爸妈妈都会来找你们的。"

沙滩上的小朋友都听话地收拾好画画用的小桶子，找到自己的鞋子，有的跑到那边的营地背起自己带来的小板凳，陆续回家去。

千沐跟着他们往营地走，突然想起自己还光着脚，便独自转身去沙滩上找鞋子。

回想一整天所经历的事情，和以往的每一天那样不同，今天让她想起了她快乐的童年，千沐不禁在心里感谢起肖允儿来。要不是她说服自己参加这样的社团，就不会有今天这样的经历。

心情格外愉快的她在沙滩上奔跑起来。

夕阳即将褪尽的海面，呈现出神秘的深色，对于不会游泳的千沐而言，这种颜色有些令人惧怕。她突然停下脚步，回头望了望营地那边正在收拾帐篷的社员们，继续在沙滩上找刚才脱下来的鞋子。

没有孩子们嬉闹的身影，沙滩变得好大，也变得冷漠起来。

不远处的海水中好像站着一个人。因为天色的缘故，千沐心里一惊，虽然不能确定，却本能地往那个方向走去。

......

肖允儿已经回到营地，帮着其他人收拾。没多久，原先搭建好的帐篷全都不见了。社成员们彼此招呼着说今天的确有些累，就想吃过饭后好好睡上一觉了。

冠杰在营地找了一圈，始终没有看到千沐，问其他人有没有见到新来的学妹，大家伙都取笑着说汉大的魅力王子动凡心了。

这句话，让肖允儿收拾东西的动作停顿了一下。

冠杰没有和他们说玩笑话的心思，强烈的不安让他的心情糟糕透了。

"我们一起去找找吧！"肖允儿拉着冠杰走了出去。

他们跑到收拾干净的营地外，好像听到远远地有人叫"惠元"的声音。

是惠元奶奶，她看到其他孩子都回家了却没见自己孙女儿回来，便一路叫着她的名字找到营地这边来了。

"惠元奶奶，惠元还没回家吗？"冠杰热心上前，一边环视着整个沙滩，一边关心地问朝自己走过来的惠元奶奶。

"唉，自从那件事情之后她也不和人说话，今天早晨听说你们要来才见到一些笑脸。"

"发生什么事了？"肖允儿也来到惠元奶奶的面前问道。

"惠元的妈妈骗她说出去两天就回来，结果上个月在几里外的沙滩上找到她妈妈……本来失去了父亲的孩子现在又失去了母亲，她的心里肯定很难过，这孩子不会做什么傻事吧……"惠元奶奶说着忍不住抽泣起来。

就在这时，隐约中好像又听到有人在呼救，当"救命"的声音出现第二次的时候，冠杰确定是从沙滩那边传过来的。

想到没有回来的千沐，想到惠元，冠杰心急如焚，一把推开站在身边的肖允儿，拔腿就往沙滩上跑。

大家见状也都很快地向沙滩跑去，独独留下跌坐在地上的肖允儿。

跑至沙滩边，冠杰一眼就看见了千沐脱在沙滩上的鞋子，没有看见千沐，这让他心里充满了恐惧，他慌张地朝大海跑去，大声地唤着："千沐！惠元！"

他的声音也因心底害怕而开始颤抖。

夜里的海水已经有些刺骨，站在齐膝的海水里，冠杰将整个沙滩扫视一遍，趁着黄昏消逝前薄薄的蓝光，凭着模糊的呼救声，隐约地望见不远的海域有人挣扎的身影。

冠杰几乎是连滚带爬着过去，抓住那只挣扎着伸出海面的手。

他拼尽全力将人抱到沙滩上，是走失的惠元。

可是千沐呢？！

他心急如焚，看见不远处有人往这边跑过来，他便放下惠元，一边拼命唤着"千沐"的名字又跳进了水里。

最后一抹光亮也终于消失在海平面，黑暗顿时将肖允儿紧紧地包裹住。她无力地环抱着自己，耳边只听见冠杰焦急地呼喊着千沐的声音。

[6]

海里面原来是这样深的蓝，一直不知道海为什么是蓝色的千沐，现在终于体会到海蓝色的感觉，深邃幽静却冰凉恐怖。冰凉的蓝色包围着她的身体，将她带到混沌而陌生的意识里，带进一个弥散无边的梦境里。

千沐不知道惠元曾使劲抓住她的胳膊，让她动弹不得，她也不知道自己拼命将小小的却十分沉重的身体往岸边推，只知道自己被一整片蓝色缠绕着，不断往下跌落。

觉得越来越冷的时候，突然有个很温暖的臂弯抱住了自己，千沐就是依附着这个温暖的臂弯离开那个差点儿将她整个人都吞噬掉的寒冷深渊。

渐渐地，千沐觉得温暖起来。

睁开眼睛的时候，千沐看见孔冠杰坐在眼前，他正望着自己笑着。那笑容有种劫后余生的温暖，与刚才梦里的臂弯那样相似，她也想对他笑一下，却感到胸口一阵生疼。

"你醒了。想不想吃东西？"

千沐摇摇头，又接着说："我想喝水。"

冠杰皱了一下眉头后冲她笑着说："还没喝够啊，一醒来就找水喝。"说着倒了小半杯水，过来扶千沐坐好，喂她喝。

千沐有些尴尬地从冠杰手中接过杯子喝了一口，说了句"麦茶的味道真好"，轻轻地将杯子递还给了冠杰，问："是你救我上来的吗？"

冠杰低头沉默着表示默认，问千沐："饿吗？要不要先吃一点东西？"

千沐摇摇头，说想出去走一会儿。

已经是深夜了，海边村落早已沉浸在自己的睡梦里。

冠杰陪千沐走出了院子，在靠近海边的石凳上并肩坐下，在这里能感觉到大海沉沉的呼吸。

"韩国真是个多水的国家。"千沐突发感慨。

"与中国相比，无论是陆地还是水域，韩国还真是小呢。"

"等我回中国，你会来中国玩吗？"不知道是因为冠杰将溺水的自己救起的缘故，或是别的什么，千沐现在觉得身边的冠杰像哥哥，是给自己带来安全的兄长。在她心里，带给自己第二次生命的冠杰，就如同家人一般。

"当然。我一定会去的，千沐到时候会当我的导游吗？"

"嗯，一定会是最好的导游。"千沐说着将小指伸出来，示意冠杰做同样的动作。

两个人在星月明亮的大海边就这样约定了将来。千沐并不知道，只是手指间这样的一次轻轻碰触会意味着什么，而在冠杰心里却像扎根一样深刻。在后来的日子里，树一样生长的眷恋如同宿命一般，将他带到每一个她会出现的地方。

两个人默契地望着对方笑了。冠杰指着天幕上的星星对千沐讲起浪漫的星座传说，千沐望着大海说从不曾想到自己会独自一人处在遥远而陌生的经纬线上，说自己有多么想家，也是第一次真正体会到牵挂。

这样说着，千沐的眼睛湿润了，一下子就蓄满了泪水，因为怕被冠杰见到而努力睁大眼睛，不让眼泪流出来。

她不知道，清冷的月光浸进了眼泪里，是眼泪的光芒吸引了冠杰。

冠杰慢慢将手伸到千沐背后，轻轻揽着她单薄而怯弱的肩。冠杰能感觉到千沐僵直而用力的身体似乎在拒绝自己的安慰，以维护她强烈的自尊心。

望着千沐忧伤的侧面，冠杰心里带着怜悯与关怀，可更多的是另一种复杂的情感。

他伸出另一只手，将千沐的脑袋轻轻推着移到自己的肩上，感觉到千沐这次并没有反对而放松下来，冠杰才踏实地轻舒了口气。

一定是十分疲惫，千沐靠在冠杰的肩上睡着了。他脱下自己的外套披在千沐身上，背着她往住处走。

　　他们不曾看到，在他们离去的背后，一个身影仍然良久地呆立在石凳后的大树下，一动不动，仿佛石化了一般，直到她手中的热汤再也没有一丝热气……

　　千沐睡得很沉很香。于是冠杰将房子里的东西收拾了一遍，又把晾在外的衣服收进屋子里，将从沙滩上拿回来的鞋子抖了抖沙放好，然后洗干净了手并擦干后，才在她面前坐下来，端详着她熟睡的样子，在心里对自己说：孔冠杰，真的已经开始了吗？你确定自己不是一时的迷恋？若是漫长又曲折的路，你也不会放弃？

　　冠杰这样告诫着自己，在替千沐掖了掖被角的时候望见了她的手。

　　千沐的手细细的，很修长，应该与她从小就开始弹琴有关。在注视了那双手一会儿后，冠杰将它放进被子里，便回到了自己的房间。

　　他知道自己内心是多想握住黎千沐的手，可现在不可以，因为一旦握着，就不愿意再放开。

"社长，您吩咐的事情都调查清楚了，全在这里。"LCF社长办公室里，李室长正将一个牛皮纸袋放到LCF集团董事长蔺光赫的办公桌上。

"详细说一下情况吧。"蔺光赫背对着门口站着，从这里不仅能望见汉江，而且绝对是整个首尔视线最好的地方。

"最近三个月来，浩森，他与一个叫黎千沐的中国女孩走得很近，关系非同寻常，可以断定他们是在恋爱阶段。"

"等一下，有查到这个中国女孩的背景吗？"蔺光赫一边问着，已经转过身在椅子上坐下。

"有，社长。从学校档案里查出这个叫黎千沐的女孩出生于中国云南省，父亲母亲都是教授，她因为考入上海音乐学院，在留学生交换计划中来到汉城大学。另外，社长，这个叫黎千沐的女孩现在和一个叫肖允儿的韩国女孩住一起，好像也是汉大的学生。您要不要看一下这个？"李室长说着，将牛皮纸袋中的一沓照片拿了出来，然后一张一张拿着向蔺光赫说明。

"这是那个中国女孩工读的地方，据说是负责那里的钢琴演奏。这段时间您儿子也常出现在这里。"蔺光赫拿过来一张，照片上是ILL MORE酒吧。

"这是她和另一个韩国女孩住的地方，是在江南区。"

照片上被拍到的是肖允儿家的黑色雕花大铁门，蔺光赫还在照片旁边的位置看到了浩森的车子。

他一气之下从李室长手中夺过所有的照片，一张张看……

两个人顶着浩森的衣服在广场上逃雨；

两个人一起看流浪艺人的街头表演；

两个人各自举一支冰激凌笑着散步；

两个人在餐厅用餐……

蔺光赫用力捏着那一沓照片从座位上站起来，强压着心里的怒火说："先出去吧，李室长。"

"好的，社长。"

李室长出去后，蔺光赫在桌子前坐了很久，快到午饭时间的时候，他拨通了外线，叫李室长将车开到楼下。

在车里，蔺光赫拨通了敏妍的电话："敏妍啊，蔺伯伯想约你见面，可以出来吗？嗯，那我派车去接你。嗯，那也好。"

约定的地方是只属于某一类人才经常光顾的豪华餐厅，餐桌之间散得很开，舒适的背景音乐让独自坐着等待的人感觉等待并不那么焦灼。

敏妍出现在蔺光赫视线里的时候，这位长辈微笑着轻轻朝她扬了扬手。

敏妍总是那么得体，无论衣着、举止，尤其在长辈面前，她总知道怎样做会让他们觉得开心。

"实在对不起，蔺伯伯，居然还让身为长辈的您等我。"

"你从学校过来，我又是临时打的电话，没关系。何况，我们也算是家人了。"

看到敏妍讨人喜欢的样子，蔺光赫觉得自己的心情一下变好起来，他多希望这乖巧的孩子会成为他的儿媳妇。

菜式上来后，两辈人边吃边说着话。蔺光赫想到自己刚才在办公室看到的照片，重重地叹了口气，手上的刀叉也放置盘中。

"蔺伯伯，您怎么了？有什么不舒服吗？"敏妍不知道蔺光赫为什么单独叫她出来，但觉得应该与浩森有关。

浩森，他又闯祸了吗？

从浩森十四岁开始，这父子两人就是逆着走的。

能轻而易举就管理起万余人集团企业的人，却拿自己的儿子毫无办法。

原本懂事听话的孩子突然变了，什么是父亲所不喜欢的，他就喜欢上什么，打架与喝酒闹事成为浩森性格中的一部分。于是，许多事情都是用父亲的钱先铺设好了路，他只管横躺着过去就行。

即使是这样的蔺浩森，敏妍还是喜欢，她甚至认定自己是为了喜欢他而来到这个世界的。

"敏妍啊，你和浩森从小一起长大，我现在想听你亲口说，你喜欢他吗？"在蔺光赫心里早已认定眼前这个儿媳妇，决不能允许有其他任何事情发生。

被长辈这样直接问到问题的敏妍，还是觉得有些突然，她望着自己面前餐碟里还没有动的食物，沉默了好一会儿才说："不……"

蔺光赫以为自己听错了，可下一秒敏妍的回答就让他心放下一大半。

"我爱他。等他觉得累了，他会回头看见我的，我站在他后面那么久，几乎是从出生开始就在等他了，他没有理由会走向别的地方。"

敏妍心里再明白不过，视一切如游戏的浩森现在哪里都不会去，他只是不懂得拒绝那些投怀送抱的献媚女人的好意。到今天为止，也没有任何人能真正抓住他的心。

因为那颗心属于她韩敏妍。

[8]

和敏妍一起吃完午餐后，蔺光赫让李室长将自己直接送回了家。平时工作到忘记时间的人今天是第一次提早时间回来，这让浩音妈妈很意外。

"难得你上班早退回家，有什么重大的事情吧。"

蔺光赫没有理会妻子的话，只是径自走到沙发那边坐了下来。浩音妈妈很纳闷，问他："出什么事了？"

"等浩森回来。"蔺光赫冷冷地说。

"哦，孩子回来还早，要不先去休息一会儿，等孩子回来叫他上去找你吧。"

浩音妈妈看着丈夫今天脸色不好，想着大概是劳累了。可一脸严肃的蔺光赫坐在那儿一动不动，浩音妈妈不敢去惹他，就忙自己的事情去了。

浩森回家时，已将近晚饭时间，蔺光赫依然坐在那里。

见儿子进门，表情严肃的蔺光赫才从沙发上站起来，冲着还在脱鞋的浩森说了一句"到书房来一下"后，自己先进了书房。

浩森将外套随手放在沙发上，进了父亲的书房。

不一会儿，书房里两个人说话的声音渐渐大起来。

"难道你觉得还会有人比敏妍更适合做我蔺家的儿媳妇吗？"蔺光赫尽量在平息自己的心情。

"我的人生是我的，我有自己的选择。"

"那你就试试看！"

"本想选个时间带她来家里拜访，看来你并没有要接受人家拜访的意思。"

"你最好自己先整理好，不管是三天也好，一个礼拜也好，还是一个月也好。总之，像以前每一个女人那样趁早给我处理好。敏妍爸妈都已经说起过订婚的事了，我们怎么能让人家女家先提出这样的事？"

"谁想和她订婚谁去……"浩森的话还没说完，"啪"的一声，蔺光赫的一巴掌已经打到他脸上。他瞪着儿子，气得硬着脖子站在那里一直没有动，嘴里不停地怒斥："你给我滚，滚！"

浩森转身冲出书房，很快出了家门。浩音妈妈从厨房里出来的时候，听见汽车启动的声音，她跑到门口叫浩森先吃饭再出去，可车子很快就开走了。

ILL MORE 已经成了浩森心情不好时的避难所。

浩森每次都坐在楼上的座位，因为这里没有那么多人走来走去，也因为这里是欣赏千沐演奏的最好角度。

他要了一杯马丁尼，就着歌手沧桑的爵士歌喉一点点吞进自己的身体。演奏时间过了，千沐她一定回去了吧。浩森想起爸爸刚才的话，他已经失去心存的最后期待，期待爸爸能让他自己掌握自己的人生，期待让幸福再完美一些，期待他能带着身边的人的祝福去牵千沐的手，期待……

"再给我一杯……"

"先生你不能再喝了，回去吧，要不要帮您叫辆车？"

浩森没有理会服务生，自己下了楼，将车门打开，坐进去，发动车子。他已经失去避让与遵循的意识，所以在人来车往的街上，他只是在受心里某种念头的驱使，按照某条可能的路线，去往自己的命运。

从外面回来的千沐和肖允儿看到家门口停放的车，千沐快走几步跑到跟前，车里并没有人。

"天哪，这是谁啊？怎么睡在这里？"千沐听到肖允儿惊慌的声音，转身看到铁门口蜷缩着一个人。

是浩森。

千沐什么也没说，将手里的东西全塞到肖允儿身上，说："是我认识的人，你先上去吧。"

肖允儿看着地上这个不省人事的家伙，生气地说："这家伙怎么回事，为什么睡在别人家门口啊？"

见千沐略犹豫的样子，一脸疑惑的肖允儿问："是那个朋友吗？"

见千沐没有回答，才小心地说："你一个人可以吗？要不我先上去，你……再叫我。"

望着地上的人，千沐努力试图将他扶起，她想起在岛上他蹲下来将自己背到背上的情形。

"浩森，醒醒，浩森……"

地上的浩森没有一点儿反应，一股很浓的酒味刺激着千沐的鼻子。

"你为什么喝这么多酒啊，现在怎么办？要不要回家啊？"千沐边念叨着边试着将他扶起来，因为醉得太厉害，他已经完全没有意识了，任千沐将他怎么样也无动于衷。

最主要的原因是，他实在太沉了。

千沐只好按了门铃，不一会儿，肖允儿就出来了。两个人几乎是将他抬进房子里的。

"对不起，肖允儿，迫不得已将他带进来，他实在……醉得太厉害了。"千沐很抱歉地对肖允儿解释，这才想起原来自己连他住在什么地方都不知道。

"没关系，明天上午我还有课，就累你一个人了。"肖允儿说着朝千沐眨眨眼，然后上楼去了。

千沐看着躺在客厅沙发上的浩森，轻轻叹了叹气后，去取褥子替他盖。拿着褥子过来时，看见客厅地上已被他吐了一地，人却早已睡着了。

[9]

伴随轻微头痛而醒来的浩森，发现自己躺在陌生的房间，不，是陌生客厅里。他拿开盖在身上的褥子，艰难地从沙发上坐了起来，发现自己身上穿着别人的衣服。也不对，这衣服……他抬起衣袖闻了闻，是很舒服的青瓜香味。

怎么回事？

他记得昨天和爸爸又吵了几句，然后去了 ILL MORE，再后来就是问服务生要酒好像被拒绝……

浩森环顾四周，安静的大客厅里有楼梯通往二层，好像是别人家里？他想到以前每次自己喝醉后的情景，有时是在酒店，有的是在对方家里，甚至是在车里。那些女孩和女人，之后都能顺理成章成为他浩森的女朋友，是有条件的，比如时间绝不超过三个月，不能纠缠。不过，每次好像都不会超过一个月，他就腻了，或者是有新的填补者出现。

也会遇见有些纠缠的人，不过，无非是在正常的约定前提下再增加一笔费用罢了。有时候想想，钱真的有那么神奇的作用吗？

每当那样的时候，浩森都会再补送一部手机，将那个人的手机要来说："千万不要再联络，也不要再遇到了。"

那昨晚……不知道为什么，不管是一个月还是别的任何填补者，浩森都觉得不想要了。他这时候特别想抽根烟，却发现找不到自己的外套，好像钱包在外套里。

他冷冷地笑一声，曾经不止一次从酒店醒来，发现除了衣服之外身上的所有东西都不见了，然后一个人走路回去。想到这些，他开始痛恨自己。因为心底里那种想要重新开始的强烈愿望，他多么希望那样的浩森成为永远的过去式。可为什么昨晚还那么做？

将衣服之外的东西留下，自己应该可以离开吧。因为此时就想去见她，马上告诉她："黎千沐，你愿意和这样一个人开始吗？"

这样想着，浩森便跌跌撞撞地往门的方向走。

"你要去哪里？"千沐拿着熨好的外套，抱着一个用布装饰的竹篓从楼上下来。

听到是千沐的声音，浩森转身愣在那里，觉得自己脑子里都空荡荡的了。

这么说，自己昨天晚上是和千沐……

他都不敢想，只是说："昨天晚上，我……"

"上次和人打架，这次是喝醉了睡在别人家门口，看来我太小瞧你了，浩森！"

千沐故意将后面的"浩森"几个字拖得很长。

"还有啊，睡在别人家里，将客厅弄得一塌糊涂，这也是你的专长吗？"

浩森望着身上的衣服，才想起它是上次在岛上自己拿给千沐的。

天哪，自己刚刚都想了些什么？！

浩森站在那里，因为觉得很窘而不知如何是好。

"现在要不要吃早餐，我都准备了一点儿哦。"千沐走到浩森跟前，发现他脸色不对，便问，"你怎么了？还是不舒服吗？"

"千沐，昨晚真对不起，我昨天……没有……没有那个……什么吧？"

"哪个？什么？"

"就是……哦，没什么。"浩森自己也不知道怎么说才好，只好低头望着己身上的衣服。

千沐看着他的样子，忍不住扑哧一声笑了出来，拿起沙发靠背上那条牛仔裤说："喏，这个，换上吧，你身上的裤子看起来好奇怪。"

浩森在千沐跟前小声问她："昨天，是你帮我换的衣服？"

千沐的脸一下子红了，马上辩驳："吐得到处都是，谁敢靠近你啊，说不定还会耍酒疯，所以就拜托隔壁家的大叔了。因为这个，我还被迫答应教他孙子弹琴呢。"

"大叔？哪个隔壁家啊？"听到千沐这样说，浩森气呼呼地抓起千沐手上的牛仔裤去换了。

将早就准备好的早餐端到了桌上，千沐一抬头看见换好裤子的浩森站在自己面前。有时候还真得服气啊，身高身形的区别，效果就是不一样。

千沐呆了一会儿，说："快点儿吃吧，要不然又得去热，那样就不好吃了。"

"现在都快中午了，我们出去吃吧。"浩森望着千沐说着，用眼神想征求她的同意。

"为什么出去吃？你不喜欢吃这些？"千沐神情有些失落地问面前这个有些任性的大男生。

浩森突然问："去拿个袋子来吧，千沐。"

"要袋子干什么？"千沐还是站在那里不动。

"你不用问这个，只管找个干净的袋子来就好了，去吧，找个袋子来。"浩森将千沐推进厨房去找袋子，自己抓起盘子里的蛋糕，仰着脖子将一整块都送进嘴里。

从厨房出来的千沐手里拿着一个环保型纸袋，见浩森正大口吞着蛋糕，于是将袋子放在桌上转身去倒水。

回到桌边的千沐发现所有盘子里的东西都没了，浩森将手中的纸袋举起来冲她开心地笑着，说："现在可以走了吧，我全都打包了。"

千沐将装着水的杯子放到浩森面前的桌上，说了一句不去后，在他对面的位置坐了下来。

"怎么了？"浩森目不转睛地盯着她的脸，害她将头转到一边。

"我不去，我不饿。"千沐的语气淡淡的。

见千沐生气的样子，浩森走过去伸手抓住她的手便往门口走，不管她是否愿意。

这时门开了，肖允儿推门看见两个人牵着手准备出去。眼前这个高大的男生拥有很完美的五官，与昨晚醉倒睡在自家门口的简直就是两个人。此刻他脸上的笑容明朗而灿烂，倒是千沐，好像有些紧张而羞怯的样子。

"你们出去啊？哦，漫画社的一些资料忘记拿了，下午还要用，回来拿一下。"肖允儿边说边给了千沐一个鼓励的眼神。

千沐觉得自己脸上灼热灼热的，被肖允儿的眼神注视，可能有的地方还有白了红了的迹象吧。总之，糟透了啊。

这样想着，才记起自己的手还被身边这个家伙抓着，便使劲挣脱出来，说："允儿，一起吧，我们三个一起去外面吃饭吧。"

"好了，千沐，下次少不了要他请吃饭。待会儿还要整理社团上星期的资料，你们两个去吧。我去找东西了。"说着朝身后的千沐和浩森挥了挥手，肖允儿上了楼。

[10]

隔着一条街，还有一大片草地，孔冠杰远远看见正从黑色铁门里出来的千沐，他高兴地加快脚步。

可当他见到跟在千沐身后一起出来的浩森时，他原本加快的步子顿时停顿下来。如果可以修改时间的话，他情愿一切都倒回去，自己改天再来叫肖允儿去漫画社。或者回到更远以前，最好能回到电子阅览室里的那个晚上。

可是，自己站在现在的时间里，看见千沐正坐进车里，也看见车子从自己眼前开走。眼前的浩森早已不是自己在曼多尔海边见过的那个人，他脸上的笑容冠杰是多么熟悉啊，那是沉浸在爱情里的人用什么也藏不住的幸福感，每次回忆起自己和千沐的遇见，冠杰也是这样笑着的。

千沐她……也喜欢他吗？

冠杰站在那里，突然觉得初秋的天气竟然这么寒意逼人，他忍不住打了冷颤，灰心让他有些沮丧。

从海里将她抱起的时候，望着她湿漉漉的脸颊的时候，整个晚上守着她的时候，让她靠在自己肩上睡去的时候，或许是连自己都没有察觉到的更早的时候，冠杰就决定要守护她了，所以现在也不能结束。

即使她没有在身边，自己还是可以守护她的吧。即使她不知道，自己还是可以喜欢她吧。

这样想着的冠杰，站在那里，傻傻地望着刚刚汽车开走的方向。

"孔冠杰，都已经到了，干吗不打电话？站在这里发什么呆啊！"已经走到冠杰身后的肖允儿突然开口说话，让他猛然一怔。

看到冠杰好像被吓到的样子，肖允儿连忙问："怎么了？冠杰。"担心的语气里透露出平时少有的温和。

冠杰回过神来，连忙将目光转向街角的草地，笑着掩饰说："哦……没什么，我在想……这么好的地方为什么不利用起来呢？下次可以召集大家来场足球嘛。"

"孔冠杰，有时候还真佩服你，总有新的想法。看来，我还是趁早放弃社长的念头，好好做你的左膀右臂吧。"

"那太浪费了。"

"哦？真的吗？可是忠贞不二哦，还得请组织充分信任。"肖允儿说着捏紧了拳头。

冠杰看着她忍不住笑了起来："好了，该出发啦，左膀右臂同志，今天下午的任务可不轻松。"说着走在肖允儿前面，朝公交站的方向走去。

肖允儿看着冠的背影，笑了笑，追着跑上去跟在他旁边。

下午漫画社的事情着实让他们忙得够呛，冠杰下个学期面临见习阶段，社长的位置暂时得放下，身为副社长的肖允儿得协助他做好许多交接阶段的工作。

关于新社长的甄选，以及这个学期余下十二周的工作安排，都得有个计划了，所以，两个人几乎没有说什么话，都在埋头各自的事情。

"冠杰，饿了吗？不如我们一起去吃东西吧。"快到晚上七点的时候，肖允儿收拾完最后一摞资料后建议。

"好啊，确实有点儿饿了。"冠杰抬头朝肖允儿笑笑，答应着。

"去吃鳗鱼饭吧，很久没去了，不知道那家店现在送的素菜是什么？"肖允儿想到以前冠杰带自己去他最喜欢的有鳗鱼饭吃的地方，心里顿时很怀念。

"你在外面等我吧，我检查一下，顺便锁门。"冠杰淡淡地说着，心里却突然冒出个念头：千沐会喜欢那里的鳗鱼饭吗？

孔冠杰，你今天怎么了？

冠杰一边将锁套进门上，一边下意识地整理着自己的心情，走到肖允儿跟前。

在两份完全一样的鳗鱼饭端上来时，两个早已饿了的家伙便不顾对方的存在大口吃了起来。后来，两个人还要了一份泡菜，一人分一半倒进去拌着吃，直到只剩下两个空空的钵子。

"好撑啊，晚饭吃这么多，真是不可救药了。"和冠杰沿街走着的肖允儿，这样感慨着。

"你从小就这样，之前不想后果，做完后就使劲自我检讨。

别检讨了，你怎么吃也不会胖的。"冠杰望着街上的路灯，自言自语。

听到最后一句，肖允儿心里不知道为什么开心起来，她和冠杰并排走着，忍不住斜过目光望着身边的孔冠杰。

"哥，你今天是不是……有些难过？"

"不是说以后都不叫我哥哥的吗？肖允儿。"

"叫哥哥的话，不会那么累。"

"那以后一直都叫哥哥吧，我会很高兴的。"

"今天为什么会难过，不想和我说吗？"

"哪有？是有些累。哎呀，马上就可以卸下这样的担子，以后就由肖允儿社长继续扛着吧。"冠杰望了望身边的肖允儿，故作轻松地舒了口气。可一想到中午在楼下看到的情景，心里却无法轻松起来，恨不能马上跑到千沐的面前说："千沐你不能喜欢别的人，因为我喜欢你很久了！"

肖允儿小声嘀咕了一句"谁会在乎那些"，便在街边的长椅上坐了下来。

冠杰在肖允儿旁边坐下，心里却想着这样的夜晚要是在海岛上星星肯定挂满了天，可是首尔的夜空却见不到一颗。

肖允儿突然问冠杰："冠杰哥哥知道我为什么一定要来吃鳗鱼饭吗？"

冠杰沉默着，透过街上来来往往的车辆，望着马路对面的一幅电影海报，上面写着"遥远的爱情与 37 封信"。

　　"因为鳗鱼饭而喜欢上带自己去吃鳗鱼饭的人，好像是有些离谱了。可是，那个人不是别人，是自己那样热烈爱着的人，这样的热烈可能是换了别人就再也无法拥有了的吧，所以自己才决定一直不放弃地喜欢下去。可别人又怎么能知道，一直孤独地坚持着这样的喜欢是多么幸福同时也是多么辛苦的一件事情？当初之所以没有答应妈妈和哥哥去美国念书，是因为觉得至少要给这样的坚持一个结局，不管是什么样的结局，知道了结果才能没有牵挂地离开首尔……"

　　"你这个傻瓜。"肖允儿的告白让冠杰觉得愧疚，他知道再多的愧疚感也代替不了爱情。除了爱情本身，冠杰都会毫不犹豫地拿给这个从小就开始相处的妹妹。

　　"如果当初把这份喜欢更早说出来的话，也许现在早就没有坐在这里了，而是在美国或者更加遥远的地方旅行也不一定啊。"肖允儿说话的语气像是不小心犯了错的孩子般，正在乞求得到大人的原谅。

　　她抬头望着首尔的夜空，眼泪已经在眼睛里打转了好久，这样仰起头，眼泪应该不会顺着眼角流出来吧。那样的话，身边的冠杰就不会看到了。

　　"肖允儿，"冠杰伸手紧紧地抓住肖允儿的肩，过了一会儿才说，"别站在别人的十字路口像傻瓜一样去等了，知道吗？好好把握自己的方向，去想去的和应该去的地方。"

"那哥自己……为什么站在别人的路口？"

"我没有。"冠杰心虚地回答肖允儿的话，将手从她肩上收了回来。

肖允儿想到中午下楼时看到的情景，想到从岛上回来后听社团里的学弟学妹们议论的事情，尽管他们一见肖允儿就走开，装作什么事也没有，肖允儿还是能感觉出来的。

她站起来，走到冠杰面前："哥，即使我去了美洲，也不管你将来去了哪里，我们也还要像以前一样。你是哥哥，只要你愿意，我就一直是妹妹。嗯？！"然后松了口气，又冲冠杰顽皮地笑起来，"哎呀，不再暗恋一个人的感觉真轻松啊！哥，我们各自回家吧。"

见肖允儿灿烂的笑脸，冠杰也觉得一下子轻松许多，站起来和肖允儿一起从人行道横过街道。走到一半，红色的小人亮起来，两个人并肩站在街中间等绿灯再亮起来。

肖允儿抬手看了看手机上的时间，抬头瞥见对面公交站电影海报上即将上映的电影：《一个远距离的男人》。

肖允儿的心里咯噔一下，她回头望了望刚刚和冠杰一起坐过的地方，仿佛自己一下子被掏空了。

　　肖允儿回到家，既难过又疲惫，径自上楼了，根本没有注意到千沐今天还没有到演奏结束的时间，就已经在家里了。

　　千沐不知道自己为什么被辞退，意外的是，咨啬的老板居然多给了她三个月的薪水，走的时候，老板还说："黎千沐你也别怪我，我也是迫不得已的。"

　　迫不得已？唉，算了吧，什么借口不好找啊！除了 ILLMORE，自己还是可以找到工读的地方，不到那乱哄哄的地方去凑热闹也好。这样想着，千沐的心情才渐渐好起来。

　　可是，浩森喜欢去那里，以后就不能每天都见到了。

　　有些失落的千沐走到肖允儿的房间里，见肖允儿用被子蒙住脑袋，说："肖允儿，我失业了，你就不安慰一下我啊。"

　　因为你，自己坚持了十二年的爱情今天就这样结束了，黎千沐，你这个家伙，失业又能算什么呀？亏自己刚才还得那么轻松，什么不再暗恋一个人的感觉真轻松啊，什么啊！明明这么难受！孔冠杰，你难道看不见吗？看不见人家这么难受。心都要碎掉啦！

　　肖允儿越想头越痛，干脆将被子掀到一边，爬起从床上跳下来，对千沐大声说："黎千沐，不是说失业吗？难过吧！那我们就喝酒去。走，一醉解千愁！"

　　千沐看着有些异常的肖允儿，不知道她今天怎么了，反而忘记自己失业的事情，一声不响地跟在她身后到了附近的烤肉店。

两个人一人要了一瓶烧酒，要了烤肉，对坐着开始喝。五花肉在小烤炉上烤了好多，两个人都没怎么吃，却一杯接一杯地喝着，不一会儿，千沐便趴在了桌上。

"黎千沐，还没开始呢，烤肉刚刚好，快起来！"对肖允儿带着醉意的声音，千沐一点儿反应也没有。

"黎千沐，不是说来喝酒吗？为什么趴着装睡觉？黎千沐！不是答应来喝酒吗？现在连你也和他一起不管我了吗，千沐……"

桌子上千沐的手机响了起来，手机屏幕上随着音乐的声音跳动的字幕显示着"千沐不能忘记的人"。千沐依然趴在那儿，根本就听不到。

肖允儿将响个不停的手机拿过来，按下接听键"喂"了一声，对方好像已经挂了。刚合上手机盖，手机又响了起来，还是"千沐不能忘记的人"。肖允儿刚接，只听到里面嘈杂的声音："今天怎么没去酒吧？现在在家里吗？千沐。"

"她好像喝醉了。"肖允儿只说了这一句，将电话盖合上又扔回了桌上。

已经到了肖允儿家楼下的浩森在电话里似乎就闻到了烧酒的味道，他开始在附近有人吃东西的地方一处处找。

当他出现在这家烤肉店的时候，肖允儿还在自言自语："哥知道我为什么不去美洲吗？因为想知道结局啊。"

浩森找老板将钱付了，将已经睡着的千沐背到自己背上，抓起桌上两个人的电话，扶着肖允儿出了烤肉店。将肖允儿塞进车的后座，再打开前面的车门，将千沐扶在驾驶座旁边的座位躺好，自己这才坐进车里。

"她喝了多少酒？怎么睡得这样沉？"边开车的浩森时不时看着身边的千沐，担心地问后面的肖允儿。

"一瓶而已。"

"一瓶？没有喝过烧酒的人，怎么能让她喝那么多！"

"一瓶而已，对于失业的人，不……多……"

"谁失业了？"

"是被酒吧老板辞退了，所以失恋……哦，是失业了。"

难怪今天去 ILL MORE，演奏的人换成了别人，昨天千沐去酒吧都是好好的，怎么第二天就突然换人了？浩森觉得很奇怪。

将两个人送回家，一直守着千沐直到确定她没事后才离开的，回到家时已经凌晨两点了。

浩森一直睡到中午，起床后去了一趟学校，到音乐系那边转了一圈，便直接去了 ILL MORE 酒吧。因为还没有到营业时间，只有几个员工在打扫卫生，昨天演奏时间出现过的男生正在练习。

浩森径自往里面走，却被一个服务生拦住："对不起先生，我们还没有到业时间。"

"哦，好像是在这里负责演奏的先生打的电话，说是钢琴出了点小问题，担心会影响到今天晚上的演奏，所以来调试钢琴的。"浩森一边解释一边掏出手机翻找最近通话的记录。

"是这样啊，对不起，那请进去吧，一楼往里面走的舞台上，好像正在等您呢。"

服务生马上改变态度，为浩森引路。

"哦，谢谢，不用了，我自己进去就好。"浩森向服务生友好示意，熟悉地往里面走。走到钢琴面前那个练习的男生的旁边，浩森就那样站住，眼睛直直地瞪着他。

正在弹琴的家伙本来很陶醉的样子，感觉到情况不妙，离开座位拔腿就从后门跑出去。浩森紧接着追上去，在酒吧后面的草圃边将要逃跑的家伙摁在了地上。什么也不说，气得咬牙的浩森早已捏紧的拳头对准他的左脸，先狠狠地来了一下。

"为什么打我？"那家伙坐在地上，带着哭腔不服气地嚷道。

"臭小子，居然还敢问为什么打你？我今天不想打架。那你说刚才为什么跑？"

"我……是你瞪我的。"

"我瞪你，你就要跑啊？啊？"浩森说话的声音一声大过一声，还将拳头举了起来，对地上的小子吼，"你倒是说还是不说？"

浩森的拳头正准备落下去时，酒吧老板从后门出来，一把抓住了浩森的手："你是祖宗，你是爷，还不行吗？不要再在我这里折腾了好不好？等下我还得做生意，你把他的脸打了，怎么弹琴啊。"

见到酒吧老板，浩森像见到了猎物，将那小子推开在一旁后，一把抓住了酒吧老板的衣服。

"为什么辞退千沐？她哪里得罪你了？"

酒吧老板哀求着用讨好的语气说："我也不想辞退她啊，她在这里这么久，我们也都不想让她走。可不知道丫头在外面到底得罪了谁，昨天来了一个穿西装的什么经理，很凶的样子。他带了这小子来，说是一定要辞退黎千沐，用他代替黎千沐的位置。走的时候连黎千沐的辞退补偿金都给了。不过，那个什么李经理，出手还真大方啊。"

李经理？浩森突然想起什么似的，拔腿从后门跑进酒吧，

他疯了似的开车冲到街上，往汉江畔的繁华商业区开去。

将车停在 LCF 集团大楼前，浩森一口气冲进蔺光赫的办公室，不管办公室里是否还有其他的人在，当场质问自己的父亲："你凭什么这么做？她哪里招惹你了？"

"凭什么？凭我是蔺光赫，是你的父亲。"

一旁的李室长过来劝浩森："少爷，你先去休息室那边等一会儿吧，董事长马上要去会议室了。"

蔺光赫冷漠地从座位上站起来，告诉李室长会议延后三十分钟之后，示意他们出去后，办公室里只剩下父子两人。

"这就是你做人的水准？用那样的手段夺去一个背井离乡依靠工读维生的女学生的饭碗？"其实浩森想说的是，他最憎恨的就是自己的父亲原来是这样一个为了目的不择手段的人。

"我事先警告过你，什么事情都要有分寸。如果你自己不能整理好，我只好替你整理了。"蔺光赫的语气坚决而冷漠。

"整理？我不需要！我永远也不会整理，永远也不会像你那样。"浩森想起妈妈，她也是爸爸整理了的吗？为了自己的前途而结婚的男人，在事业上得到满足后重新开始曾经的爱情，妈妈，就是他这样整理后才离开的吗？

浩森觉得脚下好像灌了铅似的，一步一步向门口走去，走到门口，他才转过身望着站在那里的蔺光赫，异常平静地说："不管你还会做些什么，我都不会放弃她，我会让她和我在一起。"

· I WAIT FOR YOU ·
· FROM MORNING TO EVENING ·

遇见她
就像萤火虫遇到星光
美好似乎慢慢靠近

· I WAIT FOR YOU ·
· FROM MORNING TO EVENING ·

遇见她
就像萤火虫遇到星光;
美好似乎慢慢靠近

第五幕

没有她的余生，会和什么样的人在一起，
会和什么样的人结婚，
都不会有什么不同。

· I WAIT FOR YOU FROM MORNING TO EVENING ·

[1]

李室长将车停在帝大门口稍微隐蔽的地方，下车在学校门口等着。

和同学边说话边走出来的千沐，在门口接到了浩森的电话，浩森一开口就约她今天见面，千沐犹豫了几下，还是婉拒了。

"现在不是还早吗？我都查过，你今天已经没课了。"一听到说不能见面，浩森的情绪便激动起来。

"你有空查这些，为什么不认真学习？我可不像你可以整天玩。"千沐想到自己被辞退，现在正焦头烂额到处找新工作的情况，差点儿就说出来，想了想觉得还是不要让他知道的好，毕竟被辞退不是件什么光荣的事。

"好吧，那我晚上去酒吧等你总可以吧。"已经知道事情真相的浩森是故意这么说的，他是希望能亲耳听到千沐告诉他她的情况，那么他就可以顺理成章地站出来帮她去解决，毕竟如果千沐知道事情的真相是因他而起，他心底还是有点无地自容的。

对于父亲插手干预他的情感，并且因此而伤害他喜欢的人，他心里既恼怒又羞愧。

"浩森，我今天暂时不会去酒吧演奏，你别等我。"

"发生什么事情了？"浩森恨不得马上告诉千沐那是因为自己，都是因为他，她才会被人赶走的！

"哦，最近忙着系里举办的音乐会的事情，所以暂时请假了……"千沐用学校两个月后才举行的圣诞音乐会做借口，准备对浩森说"所以学长不用总去那里找我，打电话就可以了"的时候，李室长看见了正在讲电话的千沐，走过来问："是黎千沐小姐吗？"

千沐连忙对电话里的浩森说了句"浩森，有人找我，先挂了"后，对面前这个穿西装的中年人礼貌回应："是的，请问您是……"

"哦，我们董事长有点事情想和千沐小姐说，所以请……"李室长说着示意千沐往停车的地方走。

因为曾经见过面，千沐也算是认识他，所以半信半疑地随着他一同往车的方向走。

李室长打开车门，让千沐在前面坐下后，自己回到驾驶位置上。

"董事长，现在去哪里？"

"找个方便说话的地方吧。"

千沐这才发现后面的座位上还坐着另外一个人，她没有回头，所以不知道那个人的样子，听声音给人的感觉有点严肃。

千沐心里有点害怕，不知道这个严肃的中年人是干什么的，她想象电影里的情节，留意着车窗外，如果遇到要停车的红灯，自己怎么样以最快的速度跑……

"就这里吧。"后面的先生突然说要停车，千沐舒了一口气。

从车上下来，千沐发现这是一家中国风格的茶馆。

她忐忑地跟在后面进去，在中式的藤椅上坐下，双手抓着包包上的搭扣，显得有些拘谨。

"李室长，把东西放这里，你去车上等吧。"

李室长将一个白色的小信封放在桌上后就出去了。

蔺光赫将目光收回，望着对面的千沐，说道："如果没有记错的话，我们以前好像见过一面。"

千沐一听很纳闷，自己从来不记得有见过他的。她使劲回忆自己是在哪里见过的，可……唉，真糟糕。

"GIC 三十周年庆典的钢琴演奏，很不错。"蔺光赫的语气很肯定。GIC 的董事长，那天还发表了讲话的人，千沐这才想起来。她歉意地站起来，说："对不起董事长，我忘记了，谢谢您给我演奏的机会。"

在韩国，不认识 LCF 的蔺光赫的人，应该没有吧。将他们弄错，也只有千沐能够做到了。

"已经没有去酒吧演奏了吧？"蔺光赫突然问道。

千沐突然呆了一下："董事长，您怎么知道？"

"因为自己的儿子说不想整理，懒得整理，所以做父亲的替他整理了。"

"什么意思？"

"相信你还不了解我的儿子，这么多年来，没有一个女孩子能和他交往超过三个月的，最后都是同样的结局。"蔺光赫说着，将桌上的白色信封推到千沐面前，"这个，就当作是整理期间对千沐小姐的补偿吧。因为听说你来自中国，又是依靠工读学习的，怕那粗心的小子考虑不到这些，所以……请收下这个。"

听到这些的千沐脑子里一片空白，怔在那里。到底发生什么事情了？浩森？！

并没有理会到千沐的神情有什么不对，蔺光赫继续说着："浩森他性格叛逆，喜欢玩，几乎是闯着祸长大的，还好他的结婚对象很懂事，现在两个人正准备订婚的事情……"

婚约？

千沐听到这两个字，触电似的站起来，往外面跑去。

蔺光赫理了理西服的衣领回到车里，李室长连忙说："董事长，刚才看见千沐小姐往酒吧那边跑去了，要不要也去……"

"开车吧，回公司。"蔺光赫说着，好像又突然想起什么事情似的吩咐李室长，"接通一下敏妍的电话。"

[2]

小杯浅饮的蓝色马丁尼酒能锁住人的烦恼，是因为它自己就是忧伤的吧。

浩森伏在吧台边上听到楼下传来的钢琴声，原来琴声里有没有千沐的味道是那么容易分辨。

"还是以前中国女孩的演奏更适合这里的气氛啊。哎，真受不了，叫这乳臭未干的小子回家再练习一下吧。"吧台里的调酒师埋怨着。

"再来一杯……"习惯了再来一杯的浩森，不知道什么时候自己的习惯里已经随时有千沐的影子。虽然被自己弄乱了的人生在她出现的时候有些不设防，但那种美好的感觉会让他誓死捍卫。所以，应该告诉她浩森曾经是什么样的人，让她知道那段混乱的人生，自己才能更加坦然地和她相处。

浩森拿着电话想打给千沐，又有些迟疑：千沐，她会介意吗？

会因为介意而离开现在的浩森吗？

浩森挫败地抱住头，真希望一切都没有发生过，可心里的感觉却是自己从一开始就背叛了喜欢的人。

他正想着要不要打给千沐的时候，敏妍悄无声息地来到他的身边，静静地坐下："找不到你的时候，来这里准没错。"

敏妍心里很不是滋味地看着身边已有些醉意的男人，随手要了一杯Gibson。

"你来这里……做什么？"

"浩森，难道你从来没有感到对我很歉疚？难道你不觉得你是这个世界最不应该问我这样的话的人吗？"

"Why？"浩森一脸嬉笑地看了敏妍一眼，继续举起手中的酒杯。

"以前不管你做什么，我说过什么没有？我总是装着什么都不知道的样子，傻傻的样子……知道那样有多难受吗？"

"韩敏妍，你今天怎么了？"

"连你也开始装傻了吗？你这个坏蛋！"

"韩敏妍……不知道走自己的路吗？你应该努力去追求属于自己的幸福，别去管别人，懂吗？"

"幸福？"敏妍冷冷一笑，"你以为婚约只是他们的意思吗？"

"？"

"忍受你和那些女人的事情，帮你一起骗他们，你以为那会是什么？这么长的时间……为什么？难道我的心就不是心了吗？"

"你好像喝多了，回家去吧。"浩森说完将酒杯里的酒一饮而尽，准备起身离开，他要去找千沐，所有她不了解的那个浩森，他都要对她说。

眼睛发红的敏妍突然抓住浩森的手，本来要下楼的浩森回过头正想问"干什么"的时候，她迎上去吻住了他。

敏妍突然的举动让浩森愣在那里了，他意识过来试图推开妍智的时候，却被她反手紧紧钩住脖子，两个人的身体紧紧贴在一起。

……

气喘吁吁地从学校跑到酒吧的千沐，走到楼梯口就看到了这一幕，让她心酸难受的是，那拥抱着亲吻的男女是她认识的浩森和别的女人。这是他另一个三个月的开始吗？或者是结婚的对象。

原来是一个这么大的谎言，绕了这么远，什么好听的话，什么照片，什么旅行，什么音乐会，什么晚餐……想到以前的每一个画面，千沐都觉得很讽刺，她是那样认真仔细地对待他们的相遇，她认为生命中非常重要的人终于到来，可最后全都是游戏，然后用这样的画面宣布 Over。

他父亲说的果然是真的了，亏她因为不相信而跑来酒吧，却这么快得到验证。为什么偏偏是自己？为什么？

有些无法自持的千沐往后退着离开，正好撞到准备上楼来的裴谨。

"千沐来了。你怎么了？千沐，不舒服吗？"千沐苍白的脸色吓到了裴谨，他忍不住折回跟在千沐身后，往酒吧门口走。

……

慢慢松开浩森的敏妍，望着自己从小就开始喜欢的人，泪眼婆娑却无比认真地说："不是想知道我为什么那么固执，不去追求自己的幸福吗？因为我的幸福只能是你。"

"可我……"浩森已经是极度的不耐烦，拒绝的话即将脱口而出，却因为看到楼下被裴谨扶着走出去的千沐而戛然止住，他懊悔又痛心疾首地冲向楼梯，几乎连滚带爬着跑到酒吧门口。

酒吧外人车如流，却没有千沐的影子。

敏妍紧跟着从酒吧跑出来，看见浩森一个人站在那失魂落魄地望着车来车往的街，带着莫名其妙的情绪走到浩森身

浩森，我等你从早晨到黄昏

/
226
/

后："怎么了？发生什么事了？"

"没什么，你回去吧，我想一个人待着。"浩森头也没回，往停车的地方走去。

敏妍小跑着跟上他，在他打开车门的时候，麻溜地自己先上了车。

"不是说叫你先回家吗？"

"送我回去，这样都不能做到？可以送别人，为什么我不可以？"

"我再说一遍，我想安静一会儿，最好别惹我。"

"随便什么地方都可以，别让我在这里下车，行吗？"敏妍带着恨意地乞求，眼泪顺着姣好的脸庞如珠般坠落。

见她死死抓着安全带不松手，浩森无奈之下启动车子，驶入车流中。

躲在酒吧霓虹灯后的千沐从暗处走出来，呆呆地望着热闹的街，一旁的裴谨担心地说："千沐，刚刚那个人好像是在找你……"

"裴谨，谢谢你，你进去吧，我回去了。"

"你……没事吧？"

"没事，快进去吧，找不到你，待会儿老板又要说你了。"

见她执意如此，裴谨牵强地笑笑，只好转身进了酒吧。

[3]

千沐将口袋里硬鼓鼓的东西拿出来，那是一只木雕的熊，黑乎乎的，有些难看。

这是浩森带她游首尔那天送的，因为是他送的，她一直带在身上。

"你这个傻瓜，连他骗你都不知道吗？"千沐望着手中的木雕熊自言自语着。

可是，黎千沐，即使知道他在骗你，你还是喜欢他啊。

千沐讨厌这个依然喜欢他的自己。看到他冲出酒吧时的背影，即使他身边有别的女人，还是想去拥抱他的自己，有多令人难过。

可是，在真的面临离开他、失去他的时候，自己还是没有勇气去承担违背真心所受的痛苦。

这就是黎千沐，是默默忍受着不可以再接近他而一味去躲避的笨蛋，是不知道跑到他面前先给他一拳头，再一边教训着"你这个骗子"一边给他一脚的傻瓜。

这样胡乱想着，快走到肖允儿家楼下的时候，千沐远远看见了停在楼下的车子，她连忙将手里的木雕熊塞回衣服口袋里。当作没有看见似的，千沐直接朝那扇黑色的大铁花门走去。

"千沐，等一下。"从铁门旁边路灯的阴影里，浩森突然钻出来抓住千沐的手臂。

"放开我！"第一次用这样的语气和他说话，千沐心里有种走到尽头的绝望。

"千沐，我们好好谈谈。"浩森的手紧紧握着，担心只要松手她就会从自己眼前突然消失掉。

千沐脑海里浮现出之前让她崩溃又难堪的一幕——

"因为自己的儿子说不想整理，懒得整理，所以做父亲的替他整理了……这么多年来，没有一个女孩子能和他交往超过三个月的，最后都是同样的结局……这个，就当作是整理期间对千沐小姐的补偿吧……"

蔺光赫的声音像重锤一样又在耳边响了起来，千沐只感觉一阵眩晕，倒了下去……

恍恍惚惚中，她好像看到自己去 ILL MORE 去找浩森。

正在和别人喝酒的浩森回过头来说道："不是都整理好了吗？怎么？觉得少了？"这时，他旁边的女人转过身来，用千沐无法忍受的眼光上下打量她，轻蔑地笑："你怎么会看上这种女人？喊！"

"不是什么样的类型都应该尝试一下的嘛。"听浩森这样说，坐在那里的人一起朝千沐笑……

被那种笑声惊醒的千沐猛地坐起来，发现自己躺在一个安静的房间里，她抬眼正好看见对面桌子上立着的小镜框，里面是一家三口嬉闹的场景，相片上的小男孩开心地笑着往爸爸身后躲，以逃过妈妈洒过来的水珠……

千沐将身上的被子掀到一旁，走出房间，沿楼梯下去，才发现这里是之前打架受伤后的浩森带她来过的农庄。沙发上的他睡去的样子好像就在眼前，还有他坐在门口等自己回来的情景，好像是昨天才发生过一般，好像他们之间没有那么多伤害也没有那么多误会……

千沐眼里，木质的扶手好像对她充满了留恋，桌上的花也在挽留，墙上的钟的脚步也慢了下来，每一件物品都知道她一定会离开而沉默难过。

也许，是自己心里难过了吧，是她自己留恋了吧，所以眼睛里的它们才会流露出那样的心情。

只有一个人认真的爱情就不是爱情，被另一个人当作游戏的爱情也不是爱情，所以，要离开得漂亮，不要让那个人觉得歉疚。

餐厅的门透出柔和的光亮。那个忙碌的清晨，觉得幸福的自己还留在里面吧，不如带上那样的自己一起离开，不是更好吗？千沐想着，朝餐厅走去。

餐厅的样子几乎没有任何改变，果篮还在原来的地方，拭手用的毛巾依然是曾经的姿势，餐桌好像因为等得太久还没有人来，已经累了。千沐看见餐桌上有张字条，她走过去，看见自己留下的字迹：

这是早起做好的，

可能有中国早晨的味道。

眼泪像蓄积已久的池水一下涌了出来，也不管自己之前是多洒脱的想法，也不管自己要强的自尊，千沐在餐桌边失声痛哭。

……

[4]

抱着大袋食物的浩森回到农庄，将纸袋在桌上放好，从里面拿出刚买的 CD 放进 CD 机里，因为店员说是最新的流行歌曲，所以顺便买来给千沐听的。

他兴高采烈地冲上楼去叫千沐起床，发现千沐昨晚休息的房间门开着，里面已经收拾好。

"她走了"——心里这样对自己说的浩森慢慢走出房间，靠着走廊的栏杆坐下。

是的，她不再对自己笑，不等自己回来就走了。

要结束了吗？以前，先说结束的人总是他。后来，偶然遇见时会收到她们生气扇向他的耳光，或她们求着不要分手的缠绵情书，也会收到在他眼里看上去并不伤心的女孩子的眼泪，可浩森都无动于衷。这一次，他觉得事情完全超出了自己的预计，不知道是哪个地方出了错，从未感到过的恐惧让他无所适从起来。

也许，是因果报应吧。

他抬起头来，早晨的阳光从窗户照进来，在餐厅门口投下斜斜的影子。当时的直觉告诉浩森，千沐就在餐厅，她在餐厅忙着。

他惊得一跃而起，一口气跑下楼，叫着千沐的名字跑到餐厅门口，真的看见千沐正回过头来望着自己笑。

这一刻，真幸福啊。

"千沐，我还以为你走了，吓坏我了……"浩森说着往千沐走去，经过餐桌的时候突然望见留在桌上的字条，那一刻，他才清醒过来，餐厅里根本没有人，全部都只是自己的幻觉而已。

浩森呆呆地走到餐桌跟前，在刚刚千沐坐过的位置上坐下来，过了很久才伸手去拿桌上的字条。

当手碰触到那个压住字条的硬硬的东西时，他感到自己的身体突然失去知觉一般，在椅子上软了下去。

就当现在是告白吧　即使离开

现在的你会知道吗

当清晨的空气里充满你的味道

我已经不属于自己

你没有如约而来

什么都不能改变了

不曾得到的爱情

不能牵你的手

我就是那个爱情里的傻瓜

……

CD机一直播放着歌曲，钢琴伴随着有些低迷的嗓音，蔓延到小农庄里的每一个角落。

浩森手里握着那只木雕熊，在餐桌边坐了很久。

直到房子里被夜色笼罩，清澈透明的月光从阳光离去的地方照进来，洒在他的肩头。

他动了一下，瞥了一眼自己的肩，却感觉到好几月前她留在自己后背上的气息。

他一下子想起所有出现在他生活里的人，想到自己为什么与他们遇见，和他们之间发生过什么，后来他们为什么又从生活中消失。这样就想起了妈妈、父亲、浩音、浩音妈妈、敏妍……还有那些如云烟般短暂的各种各样的男人和女人。

最后想到千沐这里的时候，他将他们的整个过程又回忆了一遍——

她摔倒的样子、她趴在自己肩上脸红的样子、在教堂见到自己受伤担心的样子、在宴会上弹琴的样子、躲避镜头的样子、知道被骗而向自己挥拳的样子、与自己抢着吃剩下的早餐的样子、站在对街叫自己别动她却跑过来的样子……

即使是回想，他的胸口也有种发泄不出的剧烈的痛。一切都是因为他之前的种种作孽，上天才会给予这样的安排，终于遇到喜欢的人，然后很快地失去。

这算是对以前的补偿吗？那又有什么关系？即使她没有在眼前，即使她离开自己，爱情也无法消失。

只是，让千沐受伤，这是浩森不能原谅的。

浩森望着手里的木雕熊，用手蹭了蹭它的鼻子，喃喃地说："不是叫你好好保护她吗？现在居然丢下她一个人。你这个傻瓜，又被骗了。"

像是说给自己听，又像是说给心里的千沐。

[5]

在那个家里，浩森像完全变成了另一个人，不再和父亲争执，对浩音妈妈会习惯性冷淡地扬扬嘴角，也不再动不动就对弟弟浩音一副凶样，像是个会长住下去的房客。除了学校之外，不再去 ILL MORE，也不出去见朋友，只是自己一个人待在房间里。

"你不觉得浩森最近很奇怪吗？老是待在家里，会不会闷着了？"

因为担心浩森，浩音妈妈对在一旁看报纸的蔺爸提起他的变化。

"我说你是怎么了？待在家里有什么不好的？我倒是觉得他比以前要好多了，慢慢有我以前的样子了。"蔺光赫对浩森的变化倒是十分满意。一些有重要人物出席的应酬，他开始主动带上浩森一同参加。

在蔺光赫眼中，家中的长子迟早要继承事业，让他更早地熟悉环境是非常有必要的。

对于父亲的用意，浩森心里很清楚，每次他都会衣着得体亮相，言谈举止也会尽量配合，这让蔺光赫十分满意，因此在心理上已经对他寄予很高的期望。敏妍也会适时和浩森一同出现在与两家合作相关的各种社交场合，媒体也会不失时机不失真实性地给出一些报道，关于 GIC 与 LCF 的联姻话题等等。

每次看到这样的头条，浩森似乎没有任何反应，无非是拿着报纸对家里人客套似的说两句"敏妍那天看起来不错"

或者"那条领带的颜色不怎么配，下次该换一条"之类无关痛痒的话。

疲惫地回到自己的房间里，反手将门关上，他终于长长地呼出一口气。走到床边坐下，将床边的小抽屉打开，从最里面小心翼翼地拿出一只精致的皮质小盒子，放在床上打开，取出躺在里面的木雕熊。

每次一个人在房间里的时候，浩森就是这样望着它度过一个人的时光。黑色木雕熊微微埋头坐着，头部和背部因为经常被抚摸而变得十分光滑。只要望着它，浩森就会觉得自己仍然和千沐在一起。

那些有限的往事，已经在自己的脑海里被反复拿起又放下，很多个晚上，浩森都想到过自己只要和它们在一起就可以了，没有人能够将自己和回忆里的千沐分开。这样，只要让自己和这样的千沐在一起，那以后和什么样的人在一起，会和什么样的人结婚，都不会有什么不同。

"浩森，在里面吗？是我。"敏妍轻轻敲了一下门，正准备推门进来。浩森连忙将手中的木雕熊放进盒子，放回抽屉里面。

一脸甜笑的敏妍见浩森姿势随意地靠床头坐着，感觉自己和浩森的相处似乎慢慢回到以前的样子，心情更加好起来。

"很久没见你出去了，走吧，我们一起去喝一杯。"敏妍一边开心地建议，一边浏览墙上浩森新挂上去的一帧摄影作品。

其中有一幅的画面只是一根以手工精细的镜头框架做坠子的项链。看到这个的敏妍禁不住好奇地问："这是什么？"

"一条项链。"

"好奇特的项链，在哪里拍到的？自己买的吗？"

"与自己没关系的事情少问。"

"你今天怎么了？"见浩森坐在那里动都没动，敏妍离开挂着摄影作品的地方，语气有些娇嗔地笑着往床边走过来。看到没有关好的抽屉，准备俯下身想将它关好，刚将手伸出去，浩森突然从床上蹦起来，神情紧张地瞪着她。

"韩敏妍，你要做什么？"

"想替你……关好抽屉。浩森你怎么了？"被吓到的敏妍看着反应激烈又奇怪的浩森，疑惑地望着那个没有关好的抽屉。

"哦，不用了，你去客厅吧。不是说要去喝酒吗？我先换件衣服，等会儿下来。"浩森边说话边随手关上抽屉。

敏妍一出去，放松下来的浩森慢慢走到床前，重重将自己摔到床上，扯过被子将头蒙了起来，用小到几乎连自己也察觉不到的声音问：

千沐，你好吗？

[6]

　街拐角的小玻璃房子墙上，简单地贴着"Music story"字样，里面是排列整齐的 CD 架，还有最新专辑的海报张贴。

　从外面隔着被装饰过的透明玻璃橱窗看去，里面有两个人正在交谈。

　"谢谢你了，正为没有人手而苦恼呢。"站在浅蓝色玻璃台后面的中年人，应该是街角这家音像店的老板。

　"没什么，是很值得信任的朋友才介绍来的。"站在中年人面前，只能看到穿白色休闲衬衣背影的男生，是孔冠杰。

　"你朋友什么时候会来？我和妻子后天就出发了。"

　"那我明天就带她过来吧，谢谢您了。"

　"没有什么，这两个月她得费心了。白天有人照应，就是每天晚上来看一下，然后就是到货的时候得操心点儿了。不过，应该不会耽误功课的。"

　"学长，那就多谢了。"

　冠杰走出 Music story，觉得秋天的首尔变得可爱起来了。

　他几乎是一路笑着回到住处，进门便将手中的书放在了桌上。

　在超市待了好几个月的书，居然今天去的时候有人将它们暂时保管起来了，想想还真难得。

冠杰想起自己为什么将它们丢在了超市。那天的突发事件，他只记得自己牵着她的手跑进公园的时候，心情激动得什么都忘记了。

是那一面湖，还有垂在湖面的柳枝让他平静下来。

现在有些凌乱的房间里，有拉赫玛尼诺夫忧郁的灵魂，还有摊放在床上那本没有合起来的《那波利最后的夏天》。

冠杰推开后面阳台上的门，下午的阳光透过树叶间的缝隙亮晃晃地照进来，他想起千沐教过自己的一句中国古诗来：

城上斜阳画角哀。

在阳台的充气垫子上盘腿坐下，冠杰拨通了千沐的电话。

"是冠杰学长吧。"电话那头传来千沐温柔的声音。

"明天上午九点，我们在地铁线 3 号站旁边的大学馆见面吧。"

"有什么事吗？学长。"

"到时你就知道了。"

约在"大学馆书店"，即使从那里步行去 Music story 的话也会很近。冠杰是这样想的。

冠杰比约定时间较早地到了大学馆书店，从书架上取下新到的小说，靠着二楼窗户边的栏杆读起来，因为这个位置可以很方便就看到下面门口进进出出的人。

很巧，千沐进来时，冠杰正好望着门口。像感觉到有人注视自己似的，千沐一抬头便看见了俯在栏杆上的冠杰，冲他笑了笑。冠杰用笑示意她上来，眼睛便一直尾随着她，直到看着她咯噔咯噔上楼来到自己面前。

"学长，我是第一次来这里，'大学馆'这样的名字很特别啊。"千沐的脸上还挂着浅浅的笑，这几乎是她每次见到冠杰的样子。

冠杰喜欢看到这样的千沐，即使在前一段时间，他从肖允儿那里知道浩森那家伙对千沐做过些什么时，尽管心里恨不得跑去揍那家伙一顿，但一看到千沐依然还是温暖满满的微笑，也就不想再旧事重提。

还好，一切都过去了。

冠杰想要守护着千沐的心一直就是坚定的，不管是以前、现在或者将来。

"那以后常来吧，过了中午，西边橱窗外面的座位可就满了。"望着渐渐开朗的千沐，冠杰的心里总是觉得有些酸楚。

这样的感受，不知道是不是因为一个人孤单地守着爱的秘密而产生了心理负担引起的。

"为什么？"千沐踮脚望着里面靠窗的座位，有些惋惜地问。

"因为后面是汉江，视野开阔，很适合看夕阳。"冠杰说着先往里面走。

千沐跟在他身后，到了西面的橱窗外。

"真像露天咖啡馆，一点儿都不像是在书店呢。"千沐看看四周的景色，欣喜地回头道。

冠杰点了两杯茶，一份玛格林特。

当扇贝形的玛格林特端上来时，冠杰拿起一枚对千沐说："看，我们的早点来了。"

千沐摇摇头。

"随便吃一点儿吧。"冠杰将手中的玛格林特蛋糕轻轻在自己的茶杯中蘸了一下，湿度刚好的时候他将蛋糕拿出来递到千沐面前。

千沐接过蛋糕，疑惑地看着冠杰。

见千沐不吃，冠杰自己又拿起一块蘸了茶后咬了一口，笑着向千沐递过去"味道很不错"的眼神。

千沐轻轻咬了一口，一股清甜甘香的味道，因为蘸了茶，蛋糕的甜味被压了下去，不会觉得过于甜腻。

"怎么样？"冠杰一边品尝，一边期待千沐的回答。

"好特别的味道。"

"忙于写作的女作家创作到深夜，首创了这种吃法，现在也成为书店的特色之一，很巧吧？"冠杰一边品尝着手中的蛋糕，一边向千沐讲述蘸茶玛格林特的来历。

千沐喜欢和冠杰在一起，他是个让人觉得温暖的人，他所讲述的事情也是一些温暖明亮的故事。

从海岛上的星座传说，到现在的甜点身世，甚至在那段无比灰暗痛苦的时间里，他也是这样坐在自己对面的位置上，担当着开导的角色。像电影里总是默默送来生日蛋糕、水晶项链还有鼓励加油的熊宝宝的长腿叔叔那样……

熊宝宝？千沐的脑海里闪现出那个人的样子，还有那个人使坏时说木头熊来历时的神情。可只是那么一瞬，她就仓促匆忙地把那个人从脑海中赶走了。

她轻轻将口中的蛋糕咽下，仔细回味了一下它的味道，才对面前的冠杰说："如果一个人遇到喜欢看的书也算得上是机缘的话，知道这个故事的人一定好奇那个女作家当时写的是一本什么样的书，所以去找那本书，感觉会很有意思。"

"然后，那个人真的找到了女作家深夜吃着蘸茶玛格林特时写的作品，算不算奇迹？"冠杰边说边将自己手中的小说递到千沐她面前，"喏，这个……要看看吗？"

"*Lost for time*……写它的人当时一定很孤单，才会创作这种色调的小说吧。"

被手中的书吸引，千沐像是在自言自语。

"它就是那个女作家当时正创作的小说。"冠杰一边起身一边说，"好了黎千沐同学，一切都事出有因。走吧，还有正事等着我们呢。"

千沐有些不舍地将书放回旁边的书架，跟着冠杰出了大学馆书店。

走出一段路，她忍不住回望那间地铁站旁边的玻璃房子，"*Lost for time*""蘸茶玛格林特""身世迷离的女作家"，还有已经走在自己前面好远的孔冠杰，这个上午就像梦幻般地过去了。

[7]

如果说江南区的热闹与喧嚣类似时尚音乐里的曲风，那钟西区就是舒缓温和的老曲子。坐落着古代宫殿、文化剧场和历史博物馆的古老的钟西区，因为浓浓的怀旧气息而使它看上去沉稳许多。

两个人沿着茂密槐树的街道走着，十分安静。千沐稍落后冠杰一点，她抬眼看了看前面冠杰的背影。

他竟然比自己高出很多，穿着蓝色毛衣的背影，也总是最先让人想到他性格里温和的一面。

千沐忍不住放慢脚步，好与冠杰隔开更远。

她从来没有这样仔细地去观察过冠杰，除了冠杰的脸和笑容，她对他几乎一无所知。可冠杰竟然连她周一或者周五什么时候有课程这样的事情都知道，而且每次他都不会忘记补充一句"允儿说，你……"

是啊，对千沐而言，允儿就是她和孔冠杰之间的连接，没有允儿的话，他们根本就不会走得这样近吧。

日光从榉木的树叶缝隙投射下来，冠杰正穿过斑驳的影子往前走。他的背影与光线的冲撞交错随着他的步履而改变，似乎也在遵循某种规律。千沐在他身后目不转睛地望着一束束光打在他的头发上，又很快地跳开，一不小心被什么东西绊了一下，往前飞扑过去。

像脑后长了眼睛一般，冠杰连忙转身伸手扶住了她："要不要紧？"

"哦，没事。"冠杰的急切询问让千沐有些窘。

"快到了，不如先坐一下吧。"冠杰将千沐带到路边的长凳那，两个人并排坐了下来。

冠杰将包里的耳机拿出来，将一只交给千沐，说："要不要听一下？"

千沐接过耳机塞进耳朵里，听到了吉他吟唱的 *Santa Lucia*。

和暖的风迎面过来，让人以为真的坐在那不勒斯地区最美丽的海岸边，散步道、民谣、美食，还有即将来临的日落。

日落之前，多么美妙的时光。

"听了真想去旅行。"千沐说着，想到和肖允儿站在船上，正要去往海岛的船只在广阔的海面上行驶。

她想到在海岛上发生的事情，从心底里对冠杰说："谢谢你，冠杰学长。"

"为什么？"冠杰将耳机收起来，问千沐为什么突然说谢谢。

"因为是你救了我。"千沐觉得冠杰并非只是在岛上的时候救了她，后来在她觉得对一切绝望的时候，又是沉默温暖的冠杰带她走出阴影。

坐落在街角的 Music Story 是一座小玻璃房子，透过两面明亮的玻璃墙可以看到里面的一切，CD架、简单的音乐期刊架、蓝色玻璃做的柜台、一个坐在里面的营业员，还有小小的电脑显示器。

优雅的英文字体 Music Story 像一串律动的旋律，千沐注意到它前面还嵌着一个戴礼帽拄拐杖的小人。

即使隔着一条街，两个人都听到了店里正在播放的音乐：

站在有月光的地方

向熟悉的你挥手

……

冠杰站在原地望着千沐说："不是一直想要找新的工读的地方吗？进去吧，人家正等我们呢。"

十分意外的千沐跟着冠杰走进了小玻璃房子。

冠杰对从里面出来的中年男人打招呼："学长，比预先的时间早到了一些，没关系吧。"

"你的性格还是这样，认真细心得让人嫉妒啊。"中年人说话大大咧咧很随和的样子，让千沐轻松了不少。

"对了，学长，这就是和你说起过的黎千沐。"冠杰向两个人介绍彼此。

中年人似乎十分满意千沐的样子，用征求意见的口吻问她："那，我们现在就简单说一下工作吧？"

千沐向冠杰称为学长的人礼貌地点点头，冠杰微笑着退到一边去翻找碟片，善意地给他们留出对话的空间。

"每周三是到新货的日子，你可能要有半天的时间在这里，需要按照单据确认进行登记。然后让思琪更换新货区的碟片……哦，对了，相互认识一下吧。这个就是思琪……以后大家相互照应就是了。"

千沐跟在他旁边熟悉每个架上的 CD 种类，大致也了解了每天的工作。

"因为很多都是通过网络销售，所以来这里的人大多是老朋友，一般的顾客思琪也会做好电话记录，她会负责将客人要的单品装进服务包，和顾客约好时间来店里取……你的工作不会很复杂，主要是管理上多过问一下，所以也不用过于操心。总之这三个月要麻烦你了。"

店主是个细心谨慎的人，他反复跟千沐交代了许久。

站在 CD 架旁的冠杰终于忍不住走了过来。

"学长就别啰唆了，多想想度假的事情吧，她一定会做得很好的。"冠杰说着向千沐眨了一下眼睛。

"臭小子，你话可真多呢！"店主刚说完冠杰又好像记起什么似的对千沐说，"有什么事情就去找冠杰，很多事情他比思琪还熟悉。好了，没有问题的话明天就开始吧，我要去享受假日时光啦。"

"那不勒斯海岸吗？"

"你怎么知道？"

冠杰和千沐偷偷相互看了对方一眼，笑了起来。

[8]

听到开门的声音，肖允儿连忙将手里的报纸放到桌上，用前面那一摞杂志压好。

看到千沐表情愉快的在门口换鞋，她忍不住问她为啥一整天都没见到人。

"哦，冠杰学长帮忙介绍了新的工读地方。因为之前也不知道，所以突然才决定去的。"

穿上可爱的粉色拖鞋，千沐一边将包放在墙边的架子上，一边说："肖允儿，这鞋子颜色好奇怪，还是蓝色比较好看。"说完在肖允儿身边坐了下来。

"学长介绍的地方，还满意吗？"肖允儿眼睛望着那摞杂志，问千沐。

"嗯，是家卖 CD 的地方，很特别的'Music Story'。"千沐想到今天去的大学馆书店，还有 Music Story，心里对冠杰充满了感激。

"哎，学长真偏心啊。"

肖允儿以前替 Music Story 画过海报，当时她对拜托她画海报的孔冠杰说过，要是自己将来也能拥有一家这样的店就好了。

"偏心？为什么？"

千沐不明白肖允儿的意思，转身望着她。

肖允儿突然意识到自己好像说错话，连忙说："哦，没什么。对了，吃过东西了吗？厨房有我下午刚买的材料，可以做很好吃的拌饭哦。"

"哦，刚刚在外面吃过了。我想去洗澡了。"说完千沐就上楼回自己房间去了。

肖允儿舒了口气，起身准备回自己房间，突然想起什么似的又折了回来，将压在杂志下面的报纸折起来一并带进自己房间。

晚上，端着一大碗拌饭经过千沐房间的时候，肖允儿轻声敲门，问道："千沐，要不要一起吃拌饭？"

可她等了好一会儿都没听见回音，也许千沐已经睡了。

肖允儿只好自己回房间，望着桌上大堆的东西，顺手拖过桌上的报纸垫在碗下面，坐在桌前将一整碗饭全部吃光。

肖允儿将空碗连同报纸一起放回厨房，在经过冰箱的时候，顺便取了一罐可乐，感叹着："世界上最幸福和最痛苦的事情就是深夜吃完一大碗泡菜拌饭。"

第二天睡到自然醒的肖允儿望着连夜完成的画，趴在床上笑。

应该将这个消息告诉冠杰哥吧，当这个念头在肖允儿的心里闪过的时候，她听到千沐下楼的声音，心里泛起一丝苦味。

是啊，冠杰哥守护的人是千沐，若自己遇见什么事情都还想到他的话，会让他感到困扰吧。

自我安慰了几分钟，肖允儿将头放在枕头下面重重叹了口气。然后她从床上爬起来，笑容又回到她的脸上，然后大声叫着千沐下楼去。

明明听到千沐下楼的声音，却没听到她回应，没看到她的影子。

肖允儿推开卫生间的门，也没有看到千沐。

想到千沐可能在做早餐，一心想将画作完成的消息与千沐分享的肖允儿冲进厨房，闻到一股焦味，看见系着围裙的千沐拿着小铲子木然站在那里，平底锅上的鸡蛋已经煳了。

肖允儿冲过去将炉灶上的火关掉，抬眼看见自己昨天晚上吃完拌饭的碗，还有那份报纸，立刻心知肚明又懊恼万分。

"千沐，那些人胡乱写的，不能……相信啊。"

听到肖允儿急切的声音才回过神来的千沐，看见煳了的鸡蛋，喃喃地说："对不起，允儿，我们去外面吃早餐吧。"

"好啊。"不知该说什么的肖允儿想让千沐也能开心一些，于是建议，"不如去学校附近吃蛋挞吧，好久没去了。"可回头却见千沐依然呆呆地望着那张报纸。

这家伙，肯定还对那个坏蛋念念不忘，肖允儿顿时觉得气不打一处来。

"黎千沐，你还在为这种风流成性的人难过？好了，烧了它，该死的家伙，让他下地狱好了。"肖允儿一边恨铁不成钢地说，一把抓起那份报纸去点火。

千沐一看急了，连忙夺过来，解释着："不是因为这个，好了，允儿，我们走了，已经很迟了。"

两个人相互推搡着出了厨房。

台案上那份报纸被风一吹，掉到了地上，头条的位置刊登着浩森和敏妍的照片，醒目的大标题写着：

全首尔最令人期待的华美圣诞夜——两大家族继承人的订婚仪式将于当晚举行。

[9]

结束一天的课程后，千沐去了图书馆还书。

电话响了，望着银灰色的电话上闪动的彩色指示灯，千沐想到被他丢掉的手机，一时忘了自己在图书馆。

图书管理员在一旁指着大厅的提示牌提醒她："小姐，请到外面接听电话。"

千沐赶紧抱歉地走到外面，接通，打电话过来的人是裴谨。

"裴谨？"

"千沐吗？你可能要来一趟这里了。"

"怎么了？裴谨，你在哪里？"

"在 ILL MORE，千沐你会来吗？这位先生醉了，他一直说着你的名字，我们问什么都不回答，看他醉成这样，所以我给你打电话看会不会是你认识的人。"

"先生？好的，我这就过来。"

快到 ILL MORE 的时候，夜色降临，通往酒吧的这条路她已经很久没有来过了。千沐想到每次结束酒吧的工作时，他总是差不多的时间出现在这里，每次习惯性地抬起手腕给她看时间，然后问"饿了吗"。

　　两个人有时候去大排档，有时候去烤肉店，有时候只是一起吃碗冷面，开始的时候他有些不习惯这些嘈杂的场所，也不肯吃这些地方的东西，后来看千沐吃得津津有味，终于忍不住跟着尝了一下，然后却比千沐更加喜欢上这些，尤其是烤肉和烧酒，可以说是情有独钟。所以每次经过这里，他都会拉着千沐往经常去的烤肉店跑。老板看见他们，还会客气地送些店里的特色凉菜。

　　那是怎样的一段时光啊。千沐回想起这些的时候，觉得自己站在一个完全不同的时空里。当时的自己要是能知道那些都将成为不复存在无法重来的过去，一定更希望什么也不要发生吧。

　　可是，时间里的自己已经站在那里，已经和他认识，已经开心地笑了，然后……已经全都失去了。

　　千沐慢慢走进 ILL MORE，一切还是像以前一样，原来少了她，世界也会如往常。他呢，若是没有遇见她，生活也会按着既定的轨道往前走吧。

想到过往那些复杂，千沐心里有些难过，径自往里面走。

"千沐，离开 ILL MORE 都不来看我们了。今天才想起来，是有朋友在这里吗？"酒吧经理非常意外还能再见到千沐，也显得十分热情。

千沐尴尬地笑着回应："经理，我是来找裴谨的。"说完，看见裴谨从楼上下来，连忙礼貌地跟经理道别。

看见千沐，裴谨一脸抱歉地说："已经走了，真是奇怪的家伙啊。起先吵着要见你，跟他说你很久以前便没有在这里工作了，他也不相信，闹了好几个小时。后来不知道怎么了，自己突然清醒似的付完账，走掉了。"

不知道会是谁，一定是很长时间没有联系的人吧，所以才会连自己离开 ILL MORE 也不知道。

"没事的，裴谨你去忙吧。"千沐说着转身准备离开。

裴谨突然想起什么似的拉住千沐："千沐，你在门口等我一下。"说完扭头径直往楼上跑去。

不一会儿，裴谨就又跑了下来："是清理座位时发现的，应该是那个人不小心掉的吧。"说着将手里的东西给千沐。

黑色的绳子系着一个长方形小框架，好像是手工做的，应该是一条项链。

从裴谨手中接过项链，千沐深吸了口气，心底有一点失望。应该不是他吧，千沐在心里对自己说着。

千沐将项链放进口袋后，对裴谨说："他来找项链的话就把我的电话给他吧，可能是很久没联系了。谢谢你了，裴谨。"

"可是千沐……"裴谨欲言又止。

看着正等他说话的千沐，他才慢吞吞地说："以后……还会来吧，大家都说你演奏的钢琴才适合 ILL MORE。要不是那个人要挟老板不让你在这里，他早就叫新来的钢琴师滚蛋，让你回来了。"

"要挟？谁要挟老板？"

"好像是受谁指使，只知道唯一的条件就是不让你在这里演奏。也有人说跟什么混混有关，后来要挟老板的那个人好像还被人拖到后门给打了一顿。千沐你一定要小心才是。"

见裴谨一脸担心的样子，千沐只好安慰地笑笑："谢谢你，我一定会小心的。好了，裴谨，你先进去吧。"

看着裴谨进去后，千沐才转身离开。她想起刚刚那条项链，拿出来仔细看，上面是雕刻得精致仔细的纹饰，好像还有一些字迹……千沐又想起刚刚裴谨说的话，心里满是疑惑，越来越弄不明白是怎么回事。

她将手机拿出来，又犹豫着放了回去。

浩森，你到底是怎么样的人？

肖允儿的愿望是在离开韩国之前能够完成自己的个人展，每完成一幅作品，第一个与她分享的人曾经是冠杰，现在是千沐。

有时候，肖允儿会嫉妒这个中国女孩，她身上有那么多吸引人的东西。这是冠杰一直默默喜欢千沐的原因吗？

她有时候会问千沐："以后你回到中国，我也会离开韩国，我们还会见面吗？"

千沐总是说当然会的。即使对未来不确定的东西，也总是抱有希望，这就是黎千沐。

"孔冠杰，为什么不对她说？要这样一直下去吗？真受不了你了。"看着冠杰选择将感情藏起来，肖允儿终于看不下去，对着他发起脾气来。

面对激动的肖允儿，冠杰什么也不说，只是低头笑着不说话。

"你不告诉她，她怎么会知道你的心？你是个笨蛋啊。"

到底在等什么？孔冠杰自己也说不清楚，也许他能了解喜欢一个人的决心不是那么容易动摇的吧，她对浩森的心就像自己对她的心吧。如果一直不放弃，她会明白的，只是不知道那还需要多长的时间。

无论多长的时间，他都是能等的。

他转身对身边的肖允儿说："我们去喝一杯吧。"

"什么？"一头雾水的肖允儿跟在他身后，进了烤肉店。

"冬天的时候一边喝烧酒一边吃烤肉，真舒服啊。"

"你少喝一点儿，要是连你也醉了的话，我该怎么办啊？"肖允儿几乎是看着冠杰在喝，自己没有动一点儿。

冠杰将她面前的酒端起来也喝光了，嘴里说着别浪费，下一秒立即栽到桌子上，失去知觉。

肖允儿几乎是连拖带扛将冠杰弄上出租车的，到冠杰宿舍楼下，又叫来传达室大叔帮忙才将他弄到房子里。

沉沉睡去的孔冠杰有张孩子似的纯真的脸，肖允儿在床边坐下来，静静地看着他，内心里为自己喜欢一个这样的人那么久而觉得幸运。尽管他喜欢的人不是自己，尽管她已经洒脱地对他说默默喜欢他的日子已经结束了。

酒醉的冠杰因为感觉到热，不耐烦地将被子蹬开，嘴里不知道嘟哝着什么。

肖允儿怕他着凉，连忙仔细帮他盖好，看着他恢复平静的俊朗睡颜，她突生出一股想要吻他的冲动，不待她自己反应过来，已经在本能的趋势下俯身下去……

她脑海里唯一的念头是：喜欢他，现在喜欢他，将来也只会喜欢他。

她慢慢地靠近他，他深邃的眸上浓密的睫毛仿佛发出无声的邀请，她能感觉到他均匀的呼吸，她只是想轻轻碰触他的唇，只是轻轻地碰触一下就好，这样，就能为自己留下这美好的第一次。

一种因为紧张心脏剧烈跳动的窒息感让她忽然清醒过来，她呆呆地停在原地，望着一无所知仍在酣睡的冠杰，如惊惶的鸟一般跳起来迅速离床很远。

收拾好自己的情绪，终于只是再深深地望了他一眼，轻轻说了声"晚安"，便独自怅然地离开了冠杰的家。

[11]

举行庆典暨订婚仪式的大厅拥有全首尔直径最大的水晶灯，工作人员从早晨就开始忙碌，整个宴会现场需要考虑的东西，在经过一个月的精心筹备后全部一一到位。

乐队、香槟、舞会、鲜花、食物、蛋糕，甚至还有焰火……

给媒体记者们的邀请函也已经于一个礼拜前全部发到。所有将要参加庆典仪式的人都只需穿戴一新，准时莅临就可以了。

今天心情最好的人要数蔺家人了，平时最难得见到蔺光赫的笑脸，一大早，未来亲家那边就打来了问候电话，说是原本想一起吃午餐的，既然晚上很快就要见面，便只打电话问候一下了。

是啊，这将是一个奢侈盛大的圣诞夜。

午饭后，浩森就一直待在自己房间里没有出来，他坐在床边端详着那只木雕熊已经很久了。房间里播放着千沐离去后从小农庄拿回来的 CD，从那天之后，他所有关注的东西就只是这些了。

过了今天我会离你更远

此刻多想和你说句对不起

许多的不应该停留在以前

阻挡我走向你

可是，一切就是这样无常

离开你才知道自己喜欢你

当所有的往事都不复存在时

我还是爱你

……

如果时间真的可以让人忘记过去，那停留在这里一直不走的是什么？一直萦绕在心里的又是什么？

如果不顾一切奔向她却反而伤害到她，他情愿未来的日子就像现在这样度过，麻木地、没有希望地度过。

如果远离才能让她平静的生活不受到打扰，他也会听从命运的安排朝内心相反的方向走去。

　　可是，在做出这样的决定之前，他的心里多么想见到她，多想念她的笑脸。在为陌生的人生做出承诺之前，他要将自己守护她的心还给她。

　　浩森握紧手里的木雕熊，将它放进上衣口袋，出了自己的房间。

　　正在楼下休息的浩音看到哥哥面色凝重行色匆匆，忍不住问了一句："哥要去哪里？我们要准备去酒店了，哥！"

　　头也没回的浩森已经开着车绝尘而去。

　　学校圣诞庆典除了节目丰富的大联欢外，还有一年一度的钢琴演奏会。千沐准备的曲子是肖邦的作品，只是因为工读还有自己的选修科目占去太多时间，所以她没有其他人那么多的练习机会。

　　即使这样，她也是让大家备感压力的强大竞争对手。

　　礼堂里座无虚席，肖允儿和冠杰拿着礼物和花，坐在人群中间，冠杰今天还特地穿了西服，整个人整洁干净温和，但是这平静表面下的内心却汹涌澎湃。

　　等钢琴演奏会结束，他就会约会千沐，第一次以男人的身份约会她。

千沐今天的头发自然垂着，穿着肖允儿和冠杰送的黑色小礼服，坐在后台。她看着镜子中无可挑剔的自己，下一个出场的人就是她了。

今天是圣诞节，"全首尔最令人期待的华美圣诞夜"，还有关于订婚仪式的事，就是今天晚上了吧。那么……他也就不会在这里出现了吧。

千沐望着手边的手机，只要按下一个键，就能听到他的声音，他……会在电话那头说些什么？抱歉不能去演奏会现场，因为今天是订婚的日子？或者不耐烦地问谁啊，很忙之类，再将电话给身边的人处理？

千沐对着镜子里的自己苦笑了一下，在心里最后一次告诫自己：黎千沐，不要再朝着他的方向走了，知道吗？他早已经背对你了。对着人家的背影，你难道不累吗？

外面礼堂响起了掌声，千沐站起来朝舞台中间的钢琴走去，炫目的聚光灯照在她身上，当时她有种错觉，似乎看见浩森站在某个地方看着自己，像以前那样笑着。

演奏完站到舞台中央行礼的时候，经久不息的掌声告诉千沐，她又像往常一样得到成功。

冠杰和肖允儿一起来到后台祝贺她。

第一次看到冠杰穿西服的千沐，第一次没有掩饰自己对他的感觉："冠杰学长今天真帅。"

听到千沐的话，同样望着冠杰的肖允儿在一旁露出一丝失落，但很快就开心地提议一起去聚餐。

三个人来到冠杰事先预订的餐厅，冠杰和肖允儿分别将鲜花和礼物交给千沐，千沐开心地对两个好朋友说着谢谢。

"其实刚刚心里还真的有些紧张，毕竟是没有怎么练习的曲子。坐在那里，光那么亮，也看不到你们坐的位置……"千沐说着用手弄了弄垂下来的头发。

第一次见千沐披散着长发的样子，如女神一般美丽不可侵犯。

冠杰呆呆地望着她，一时忘记说话。

肖允儿看看冠杰，又看看千沐，觉得等下自己应该找个好些的借口先回去才好，于是说："我们三个可是第一次一起出来吃东西，庆祝冠杰马上就要入 LCF 集团，虽然只是见习阶段，让我们祝福他。还有就是黎千沐同学，让我们祝贺她演奏比赛大获全胜。干杯！"

餐桌上的气氛一下子就活跃起来了，千沐觉得头有些晕，便起身跟两个人说去一下卫生间。

在卫生间的镜子前，用清水洗了脸之后，觉得好了些，才重新回到餐厅。看见窗户边正在说笑着的肖允儿和冠杰，她心里突然有个想法。

下次不妨给他们说一下吧。这样想着的千沐自己独自笑

竖排文字：浩森，我等你从早晨到黄昏

了起来，往他们的座位走去。

"在由利川道通往帝城大学的十字路口发生一起严重交通事故，一辆豪华型小轿车与一辆行驶超速的大卡车相撞，现在现场已被封锁。事故发生后，所有伤亡人员都被送到附近医院，身份尚未确认。这是记者现场发回的报道。"

墙上的宽屏电视上出现了事故现场画面，千沐瞥了一眼，见到一辆歪在路口的大卡车，另一辆小轿车已经被撞得不成形状，翻在好远的地方。

晃动的画面上突然出现的东西吸引了千沐的眼睛，一个满是血渍的信封，还有……一个……

千沐看到那个小东西的时候，整个人都僵在那里了。她脑海里唯一的念头是：那不是，不是他，不会的，他现在在订婚宴上。

可镜头上明明是他曾经送给她的木雕熊，她曾经抚摸着一直揣在口袋里的熊，从来没有离开过她的熊，直到那天她将它留在农庄的餐桌上。

医院……是的，自己得去医院，去医院就能得到确认了，去医院就会知道那不是浩森，是别人也有相同的木雕熊。

千沐头脑空白地冲出餐厅，脑海里只有一个念头，不是他一定不是他！

不清楚状况的肖允儿和冠杰，看到千沐发疯般地冲到路边拦了出租车，也跟着紧张地冲出来追随而去。

车祸中的伤者才刚送到医院没多久，千沐就赶到了。

她不敢自己上前去确认伤者名单，忐忑又惊恐地强迫自己在医院走廊凳子上坐下，仔细听着来来往往的医生和警察的对话，想从他们的对话中确认伤者中没有浩森。

是的，他在订婚仪式现场，怎么会在这里，不可能！

她全神贯注地倾听着每一句嘈杂的对话，并没有浩森的名字，她一颗悬着的心终于重重落下。

透过走廊里金属消防框，她看到一个披头散发神情憔悴的自己，忽然觉得一切都很好笑，她是不是疯了，竟然为了一个相似的玩偶而跑到这里。

千沐从凳子上站起来，忽然想到被她落在餐厅的冠杰和肖允儿。

不是去卫生间吗？为什么到这里来了？她整理了一下自己身上的衣服，往出口处走。

这时，后面女警的声音传过来："这可能是死者要交给什么人的信，还有这个。"

"上面好像有字迹，黎千沐？这样吧，带回去，到时候叫家属来确认吧。"

千沐蓦然转身，盯着警察手中的东西，跑过去，看见透明塑料袋中的小熊木雕，眼前突然漆黑一片，便失去了知觉。

她梦到自己又回到海岛上，去了沼泽地旁边的那片山冈，这次没有摔倒。

她看见站在树下的浩森，可是当他奔跑着经过她的时候，他并不认识自己，像陌生人那样离开了山冈……

……

千沐醒来的时候，看见冠杰坐在床边。

"冠杰学长，东西放在哪儿？我要看一下。"她首先想到的是那个白色塑料袋里的东西。

冠杰一脸心疼和纠结，并没有说话。肖允儿不断安慰她，告诉她，她现在的任务就是好好休息。

"求你了，冠杰学长，现在拿给我，现在。"

看着她因为焦灼而发白的嘴唇，肖允儿无可奈何地将壁橱里的纸盒打开，取出了信和黑色的小熊木雕。

千沐浑身一震，将小熊木雕紧紧捏在手里，将信从带着血迹的信封里取出来展开，上面写着这样的话：

对我来说你是那么完美，

在你脸上不小心流露的不安，

会让我痛苦一生。

可以吗？从此只看着我。

别回头望，

在布满幽蓝光芒的地方，

我们会再见。

明晚七点，桥屋等你。

未完待续

· I WAIT FOR YOU ·
· FROM MORNING TO EVENING ·

遇见她
就像萤火虫遇到星光
美好似乎慢慢靠近